俳句講座
季語と定型を極める

Naoki Kishimoto
岸本尚毅

草思社

俳句講座　季語と定型を極める

岸本尚毅

はじめに

俳句の魅力の中心は「中身」のおもしろさです。作者がどんなことを発見し、どんな出来事に遭遇し、驚き、あるいは悲しんだのか。読者は、その驚きや悲しみを共有する。

そのいっぽう、俳句には「形」のおもしろさが詰まっています。定型とか季語とか、さらにマニアックな表現技巧とか。そのような「形」は、「中身」と連動すると同時に、「形」のおもしろさそれ自体が、俳句の大きな魅力になっています。

この本はいわゆる入門書であり、俳句を作って楽しもうという人のための手引書です。音数をコントロールして「形」を作っていく方法について、具体的に解説しています。

とはいえ、俳句は、作るだけでなく、読んでも楽しい文芸です。

既刊の『音数で引く俳句歳時記』（全四巻）では、編集者の熱意もあってたくさんの例句を幅広く採録しました。「歳時記」としての実用を考え、「音数で引く」ことに特化した体裁になりましたが、本書では、例句の解説にも意を払いました。『音数で引く俳句歳時記』の活用ガイドとしての性質上、「音数歳時記」の例句を、季語や音数に関わるノウハウの活用例として参照し、それ以外にも、古今の名句やユニークな作品をたっぷりと拾いました。

本書は、編集者の疑問（Q）に対し、著者の私が回答を書くスタイルで書き進めました。読者には、「Q」にも目を通していただきたいと思います。そこには、どのように俳句をおもしろがるか、どのように俳句を語るかという問題意識の持ち方についてのヒントが詰まっています。

俳句がじょうずに作れたほうがうれしいに決まっていますが、それよりも、他人の作った俳句をおもしろがることのほうが、はるかに奥が深い。極論すれば、俳句はうまくなくてもかまいません。じょうずな人以上に、おもしろがり、楽しめた人のほうがハッピーです。

本書を句作のハウツー書としてのみならず、読み物として楽しんでいただけることを願っています。そして、俳句というちっぽけな文芸にチラッとでも目を向けてくださった多くの人が、本書をささやかな遊び仲間にしてくださるなら、こんなにうれしいことはありません。

目次

第9講　字余りも効果的に

第10講　句をもっと響かせる

凡　例

●例句の下の（　）内に既刊『音数で引く俳句歳時記』の巻名と掲載ページを示しています。当該書籍にない例句については、適宜、季語とその季節を記しました。ただし、本文中に季語と季節の説明がある場合や春夏秋冬の語を含む場合、記載を省略しています。

例　白牡丹といふといへども紅《こう》ほのか　高浜虚子　（夏・一三五頁）

　花杏受胎告知の翅音びび　川端茅舎　季語＝花杏・春

　夢に舞ふ能美しや冬籠　松本たかし

●例句には、元の掲載時に振り仮名がない場合も、適宜、難読語等に振り仮名を記しています。振り仮名は現代仮名遣いを用いています。また、元の掲載時における旧漢字は、適宜、新漢字に換えています。

第1講

「定型」感という快感

読んで心地よい俳句を作るには何が必要か。この本の導入部である第1講では、リズム感をどのように身につけるか、音数をどう調整するか、じっさいの推敲例をまじえつつ解説します。

俳句はなぜ五七五なのか

読んで気持ちのいい句があります。例えば、こんな句。

ばか、はしら、かき、はまぐりや春の雪　久保田万太郎　季語＝春の雪・春

バカ貝、貝柱、牡蠣、ハマグリと、貝類がならんで、下五の季語は「春の雪」。

Q●たしかに心地よさがあります。俳句にしてはめずらしく読点が入っていますが、その読点も、軽い休符になって、のびやか。それに、下五の「春の雪」のせいか、句全体に浮遊感があります。

では、この句が、

ばか、かき、はしら、はまぐりや春の雪

だったら、どうでしょうか。気持ちよくもなんともないでしょう？

Q●語順を変えると前半から中盤の音数が、2音・2音・3音・5音。五七五ではなくなってしまったということですね。

句の意味、一句の情報は同じですが、五七五の調子をもった言葉のかたまりは、そうでないものより魅力的です。こんなところに、定型の魅力はあります。もっと無粋な例をあげましょう。

〔A〕学問の自由はこれを保障する。
〔B〕思想の自由は侵してはならない。

〔A〕は日本国憲法第二十三条。たまたま五七五の十七音となっています。読むと、語呂のよろしさを感じます。〔B〕はダミーで作った条文。同じ十七音ですが、ふつうの文章です。5音や7音がならぶと気持ちがいいのは、ことわざや標語、和歌や都都逸《どどいつ》などで多くの人が体感しているところです。

短いからこそ伝わるもの

五七五の俳句の魅力は、5音や7音の語呂のよろしさによるところが大きい。それに加えて、短いことも大きな魅力です。

夏の日の匹婦《ひっぷ》の腹にうまれけり　室生犀星

詩人の室生犀星はすぐれた俳句を多く残しています。新潮社の全集の年譜によると、父は元金沢藩士。母はその家の女中。明治二十二年八月一日に生まれた犀星は、生後一週間、名前のないままに近所の寺の養子となり、住職の内縁の妻の「私生子」として出生が届けられた。そうした事情を、後年の犀星は、《夏の日の匹婦の腹にうまれけり》と詠いました。「匹婦」は「身分の低い女性」という意味です。

以下は犀星の「母と子」（『忘春詩集』所収）という詩の一節です。

母よ　わたしの母。／わたしはどうしてあなたのところへ／いつころ人知れずにやつて来たのでせう／わたしにはいくら考へてもわかりません／あなたが本統の母さまであつたら／わたしがどうしてこの世に生れてきたかを／よく分るやうに教へてくれなければなりません／わたしは毎日心であなたのからだを見ました／けれどもわたしが何処から出てきたのかわかりません。／わたしは毎日あなたを見詰めてゐるのです／ふしぎな神さまのやうに／あなたの言葉のひとつひとつを信じたいのです／母さまよ　わたしに聞かしてください／わたしがどうして生れてきたかを――／いいえ　坊や／お前はそんなことを訊いてはなりません。／おまへは温良《おとな》しく育つてゆけばいいのです／大きくなればひとりでにみんなわかることです。／

／母さまの　たましひまで舐《しやぶ》りつくしておしまひ。／母さまが瘠《や》せほそれるまで。

根っこにある感情は共通なのでしょうけれど、この詩と、さきにあげた俳句とは、伝わってくる情趣や印象がちがいます。

生母に対する愛憎の思いを、絡みつくような話し言葉で綴った「母と子」は忘れがたい作品です。そのいっぽうで、寸鉄人《すんてつひと》を刺すような「夏の日」の句もまた凄まじい。短くて、しかも五七五の韻律をもつ俳句がどれほどの表現力をもつか。この犀星の句はそれをみごとに示す一例です。

数えるのではなくリズム

Q●五七五や短さといった俳句の特徴のゆえに音韻の心地よさや独特の情趣が伝わることはわかりました。そこで、その方法です。よい韻律を備えた句を作りたいという人は、どんなことに気をつければいいのでしょうか。まず、初歩的なことからお聞きします。句会などで、指で折って音数を数えている人を見ます。指を折らずに作れる人との差、自然に音数が整う人との差は何でしょうか？

数ではなく、「タタタタタ・タタタタタタタ・タタタタタ」という五七五の韻律・リズムそのものをおぼえるのが肝腎です。

そして、五七五をさらに細かく区切ってみると、指を折るのとはちがう俳句のリズムがあることがわかります。

正岡子規の《**柿くへば鐘が鳴るなり法隆寺**》は「タタ・タタタ・タタタ・タタタタ・タタ・タタタ」。（「法隆寺」は「ホオ・リュウジ」）

高浜虚子の《**遠山に日の当りたる枯野かな**》は「タタ・タタタ・タタ・タタタタタ・タタタ・タタ」。（「遠山に」は「トオ・ヤマニ」）

大まかにいえば五七五ですが、細かく見ると、言葉の刻み方は一句一句ちがう。

2音や3音が積みあがって五七五になる。その感覚を、先人の名句を音読し、暗誦することを通じて体感し、韻律込みでその句を記憶するのが理想だと思います。


Q●好きな句を、「タタタ」の細かいリズムに分解するように読んでみるといいですね。

《**死や霜の六尺の土あれば足る**》（加藤楸邨）というシリアスな内容の句も、「タタ・タタタ・タタ・タタタ・タタタ・タタ」というリズムだけにしてみると、またちがった味わいが出てきます。（「六尺の」は「ロク・シャクノ」）

声に出して読んでみる

Q●芭蕉に「舌頭千転」ということばがあります。作句のとき声に出して読んでみることに効果はありますか？

例えば、この句、文字で見たらどうでしょうか。

花杏受胎告知の翅音びび　川端茅舎　季語＝花杏・春

漢字が多くて硬く固まっている感じがします。しかし「ハナ・アンズ／ジュタイ・コクチノ／ハオト・ビビ」と、音声で読むと、この句の言葉がビリビリと震えているような感じがしてきます。音声を意識しながら文字を見ると、「花」「杏」「受胎」「告知」「翅音」という漢字がそれぞれ振動しているような気もしないではない。

句作でも鑑賞でも、まずは文字を眼で追って意味を解するわけですが、いったん意味を把握したあとは、意味を捨て去り、音声だけで句を楽しんではいかがでしょうか。

リズムを整えていく作業

Q●俳句を読んでいると、五七五の定型におさまった句のなかにも、韻律・リズムを感じる句とそうでもない句があります。その差は何なのでしょうか？

句を二つならべて考えてみましょう。

雲の峰幾つ崩《くずれ》て月の山　芭蕉
鰻まつ間をいく崩れ雲の峰　正岡子規

季語はどちらも「雲の峰」（夏）です。この二句を比べると、なんとなく芭蕉の句のほうが調子のよいように感じます。カタカナにしてみましょう。

クモノ・ミネ／イクツ・クズレテ／ツキノ・ヤマ
ウナギ・マツ／マヲ・イク・クズレ／クモノ・ミネ

子規の句は、最初の意味のかたまりの「鰻まつ間を」が7音。意味で区切ると、七七五になっている。意味の上の切れ目が五七五の定型とずれているのです。そのせいもあって「マツ／マヲ・イク」のあたりが、なんとなくもたもたしています。

また、この句は、「間を」がなくても成り立ちます。《鰻まつ幾つ崩れて雲の峰》とすれば調子はよくなります。しかし、それでは芭蕉の句のパクリになってしまう。《鰻まつ幾つも雲の峰崩れ》もまだ芭蕉の句に近い。もっと芭蕉から離すなら、《鰻まつ峰雲崩れまた崩れ》とか……。もっと離して《鰻まつ入道雲のまた崩れ》。もっとシンプルに《鰻まつ入道雲の崩れつつ》。

さらに、「鰻まつ」をすこし換えて、《鰻まちながら入道雲崩れ》。この「句またがり」（フレーズが上五中七下五のうちの二つにまたがる形）は悪くないと思います。

子規の句をいじってしまいました。ようするに、たんに五七五の形にするだけでなく、なるべく気持ちのよい調子になるように句の言葉を変えてゆくことが肝腎です。

橋本多佳子の推敲例

じっさいの推敲が記録として残っている句があります。

月一輪凍湖一輪光りあふ　橋本多佳子　季語＝凍湖・冬

字面からしてキラキラした感じです。声に出して読むと「ツキイチリン・イテコイチリン・ヒカリアウ」。「凍湖」は素直に読めば「トウコ」でしょう。「イテコ」は湯桶《ゆとう》読みです。ではなぜ、湯桶読みにしてまで「イテコ」と読みたかったのか。

「ツキイチリン・イテコイチリン・ヒカリアウ」の傍点はイ段、傍線はイの音です。「イテコ」の「イ」は、音韻の効果において要《かなめ》になる文字です。一句全体にイ段の音、イの音を響かせるためには、ここは「イテコ」でなければならないのです。

この句の推敲の経過が、山口誓子『俳句鑑賞入門』に紹介されています。

初案は、《月一輪凍湖一輪人いまさず》でした。「いまさず」は「いらっしゃらない」という意味。とある故人の霊に捧げる個人的な作品でした。

次に、《月一輪凍湖一輪照らしあふ》。普遍的な叙景句にするため、「照らしあふ」にした。月が湖を照らし、湖は反射することによって照らし返す。「照らしあふ」は素直な表現です。

しかし、作者はそれで満足せず、「照らし」を「光り」に改め、《月一輪凍湖一輪光りあふ》となった。

「照らす」は他動詞。何かが何かを照らすという二つのものの関係をあらわします。「照らしあふ」は相互に照らし合う関係です。いっぽう「光る」は自動詞です。月と湖はそれぞれ自分自身が光源となり、自身の意志と能力で光っている。

酷寒の情景の厳しさを突き詰めてゆくと、「照らしあふ」という相互依存のような関係さえ手《て》緩《ぬる》いもののように思えたのでしょうか。「光りあふ」なら、月も湖も互いに独立した光源でありつつも、まったく無関係なわけではなく、光ることにおいて競い合い、また相和《あいわ》しているようでもある。
「照らす」から「光る」への推敲は、言葉の意味と語感を変えたわけですが、「テラシアウ」が「ヒカリアウ」に変わることで、音韻も変化した。イ段の音が増え、「リ」の音が２個から３個になる。「ヒカリアウ」のほうが、音の響きが鋭く厳しいのです。
音韻の効果は、推敲の目的ではありません。音韻だけを考えて句の言葉を選ぶのはナンセンスです。しかし推敲の結果を作者自身が評価する過程では、意味や語感のみならず、音韻の効果も視野に入るはずです。

Q●意味、語感、音韻など、総合的な観点から、よりよい形を探っていくのですね。

ここで、余興のつもりでさきほどの《月一輪凍湖一輪光りあふ》をいじってみます。
まず「凍湖」の言い換えの季語を『音数で引く俳句歳時記』で拾っておきましょう（冬・二五頁）。ほぼ同じ意味の言葉が「氷湖」「凍結湖」「結氷湖」「湖凍る」といったところ。
一輪の月一輪の凍湖かな　（動詞がない形）
光りあふ月も凍湖も一輪なり　（下五が６音）
光りあふ凍湖一輪月一輪　（下五が６音。「凍湖」が「月」より前にあるのが難）

月が一輪凍りたる湖一輪　（上五から中七にかけての句またがり）
光りあひながらに月と凍湖あり　（「一輪」をあきらめて、ゆったりと）
一輪の月に結氷湖も一輪　（中七から下五にかけての句またがり）
一輪の月にみづうみ凍りけり　（「凍湖」という季語を「湖凍る」に展開する）

これ以外にも句形はいろいろ考えられます。頭の体操として、お考えになってはいかがでしょうか。

もとの句が秀作ですから、改変は、おおむね改悪です。ここで何を言いたいかといえば、句の意味や情景を変えることなく、句の形だけを変えることが可能であるということ、そして、そこに定型のある韻文としての俳句のおもしろさがあるということです。

推敲においては、まずは句の意味や情報量が重要です。そのうえで、句の仕上がりをよくするためには、句の形も重要です。

意味や情報量を一定にしたうえで、句形を変え、いくつかの句形の案をならべる。そして、どの案がいちばんしっくりくるかを吟味する。その過程で、季語を、同じ意味の別の言い方に言い換えることもあります。

第2講

音数を自在に

4音から5音へ、5音から4音へ、3音+切字「かな」へ。異なる音数の傍題（関連季語）を選択肢にして季語の位置を変え、その句を最良の形へと導いていく。自在な作句に必須の作業です。

同義の4音と5音を使い分ける

Q●季語には同じ意味で音数の異なるものが多くあります。例えば、秋の季語「コスモス」（4音）と「秋桜《あきざくら》」（5音）、冬の季語「猪鍋《ししなべ》」（4音）と「牡丹鍋《ぼたんなべ》」（5音）、春の季語「黄砂《こうさ》」（3音）と「霾《つちふる》」（4音）など。音数がちがえば、一句のなかでのおさめ方もちがってきます。そのあたりのコツや注意点を教えてください。

大まかにいえば、俳句は季語と季語以外、この二つの要素で成り立っています。季語の音数が比較的多いとき（例えば4音）、季語を中七に入れようとすると、季語以外の部分が季語の前後に分かれてしまうので、うまく形を作りにくいことがあります。

その結果、4音の季語については、切字「や」や助詞を付けて上五に寄せることが多い。5音の場合は、そのまま下五に据えることが多い。

そのとき、4音の季語を5音に言い換える、あるいはその逆ができれば、季語の置き所を上五にするか下五にするかという選択肢が得られ、句作の自由度が高まります。コスモス（4音）と秋桜（5音）の例を見てみましょう。

コスモスや回して抜ける杭一本　小野あらた　（秋・七九頁）

「秋桜」を使うなら、《杭一本回せば抜けし秋桜》《秋桜杭を回せば抜けにけり》のようにも書けます。

ただし、この句の興味の対象は、杭が抜けたということではない。回したら抜くことができそうな、頼りなげな杭がある。そういう杭の存在、杭の姿を詠んだ句と思われます。頼りなげな杭と揺れるコスモスがならんでいる情景がこの句の世界です。そんな杭の姿を描くには「回して抜ける」が適切です。よって中七下五は「回して抜ける杭一本」とする必要があります。

Q●「回せば抜けし」と「回して抜ける」とでは、ニュアンスや焦点が異なりますね。

《秋桜回して抜ける杭一本》も不可ではありませんが、下五の「杭一本」が6音であるうえに、上五が「秋桜」の5音だと、句が重い感じがします。頼りなげな杭を詠んだ句ですから、上五は「コスモスや」と軽やかに詠みたいところです。

ドラム缶捨てず使はず秋桜　右城暮石　（秋・一二六頁）

この句、「秋桜」を使わないとしたら、《コスモスや捨てず使はずドラム缶》といったところでしょうか。ドラム缶がカタカナですから、「コスモスや」という軽い調子も捨てがたい。

「捨てず使はず」とありますから、どこかで手に入れたドラム缶が自宅の庭に置きっぱなしになっている。まずは上五で「ドラム缶」がありますよ、ということを読者に見せておきたいなら、コスモスまたは秋桜は下五に置くことになる。《ドラム缶捨てず使はずコスモスに》という、ふわっとした句末もこの句に合うと思いますが、無難なのは「秋桜」でしょう。

ちなみに、コスモスを中七に用いた作例もあります。


晴天やコスモスの影撒きちらし　鈴木花蓑

これは、語順を換えて、《コスモスや晴天の影撒きちらし》も可能ですが、コスモスそのものの描写の句として仕上げるならば、中七下五はやはり「コスモスの影撒きちらし」でしょうし、「晴天」を上五に据えたほうが、句の空間が大きくなります。

鶏頭《けいとう》と鶏頭花《けいとうか》

正岡子規の《鶏頭の十四五本もありぬべし》を踏まえた、次のような作例があります。「鶏頭」を4音のまま使うか、「花」を付けて「鶏頭花」（5音）とするか。

鶏頭のその本数にこだはれり　相生垣瓜人
子規いまも毬栗頭《いがぐりあたま》鶏頭花　岡井省二

一句目は《鶏頭花その本数にこだはれり》もあり得ます。この形ですと、上五の「鶏頭花」を受けての「その」がよく機能します。しかし、もとの子規の句が「鶏頭の」ですから、瓜人の句は素直に「鶏頭の」としています。

二句目は《鶏頭に子規の毬栗頭かな》という形もあり得ます。「いまも」とまで言わなくてもよいと思う人は、この句形を採用するかもしれませんが、省二の句の場合、「毬栗頭鶏頭花」と漢字のならぶ字面がおもしろい。さらにいえば、「鶏」という字をはさんで「頭」という字が二つ現れるので、そこに鶏頭がたくさん生えているような感じがする。この句では5音の「鶏頭花」がよく効いています。

しいていえば《子規居士《こじ》の毬栗頭鶏頭花》という案もありそうですが、作者の気持ちは「いまも」にあらわれています。あの写真のなかの毬栗頭の子規の姿が「いまも」作者の心のなかに生きている、という心持ちなのです。

Q● 「花《か》」1音による調整ですね。

同様に、「水仙」（4音・冬）と「水仙花」（5音）の使い分けなども、句作の選択肢としてもっておくと便利です。

また、別のパターンとして、「花《はな》」を頭に付けて、音数が変化する季語もあります。「アロエの花」（6音・冬）と「花アロエ」（5音）、「胡桃《くるみ》の花」（6音・夏）と「花胡桃」（5音）など。歳時記では同様の例がよく見られます。これをパターンとしておぼえておくと応用が効きます。

Q●作句のさい、一音足りない／余るときは、季語や名詞以外のところ（助詞など）で調整しがちです。それでうまくいけばよいのですが、表現が不自然になったり、冗長になったりすることがあります。同義・別音数の季語を知っておくと、自然な感じで1音の調整ができそうです。

語のニュアンスも考えて

夏の季語「蝙蝠《こうもり》」（4音）には「蚊喰鳥《かくいどり》」（5音）という別名があります。

蝙蝠やひるも灯ともす楽屋口　永井荷風　（夏・七一頁）

動物の種の呼称としてはコウモリがふつうの言い方ですが、「蚊喰鳥」というとそこに何らかのニュアンスが加わります。「蚊喰い鳥」を用いた散文の一節を引きます。

夏のゆうぐれ、うす暗い家の奥からは蚊やりの煙がほの白く流れ出て、家の前には涼み台がもち出される頃、どこからとも知らず、一匹か二匹の小さい蝙蝠が迷って来て、あるいは町を横切り、あるいは軒端を伝って飛ぶ。蚊喰い鳥という異名の通り、かれらは蚊を追っているのであろう。それをまた追いながら、子供たちは口々に叫ぶのである。

「こうもり、こうもり、山椒食わしょ。」（岡本綺堂「薬前薬後」一九二六年）

「蚊喰い鳥という異名の通り、かれらは蚊を追っているのであろう」というあたりに、コウモリという生きものをあわれと見る心持ちが垣間見えます。

「蚊喰鳥」という言葉に情があるぶんだけ、さきほどの句を《楽屋口ひるも灯ともし蚊喰鳥》などとすると、かえって句があざとくなってしまいます。

大阪の巷に旅愁蚊喰鳥　高浜年尾

この句、《蝙蝠や大阪にゐて旅愁あり》などとも書けますが、「巷」という言葉とあいまって「蚊喰鳥」という言葉が旅愁を醸し出しています。さきほどの、映画の一場面のような「ひるも灯ともす楽屋口」と比べ、「大阪の巷に旅愁」はあっさりしています。そこに「蚊喰鳥」を用いても句があざとくなりすぎることはなさそうです。

浜松町田町夕風蚊喰鳥　岸本尚毅

拙句の場合、「蝙蝠に夕風田町浜松町」では語呂がよろしくない。調子のおもしろさを狙った句ですから、「浜松町」という6音の地名は上五に置いて、下五は5音ぴったりで着地したい。山手線の駅名をならべただけで「旅愁」も何もない句ですが、「夕風」という言葉に一抹の情があるので、「夕風蚊喰鳥」と続く形なら「蚊喰鳥」という言葉が句のなかで浮いてしまうこともあるまい、と考えたわけです。

関連季語を使って句作に幅を

Q●4音や5音以外でも、傍題（関連季語）を知っておくと使い回しがよさそうです。

「蝶」（2音・春）の場合、「ちょうちょ」（3音）「ちょうちょう」（4音）、傍題の「蝶の昼」（5音）など、適宜音数を変えることができます。

蝶々や草に寝て読む本に影　孤村

高々と蝶こゆる谷の深さかな　原石鼎
青天の蔓にわかれし蝶々かな　同
蝶飛ぶや法隆寺まで歩くといふ　山本梅史
風吹いて蝶々迅く飛びにけり　高野素十
沢山の蝶々をれど皆茶色　星野立子
本坊の大玄関や蝶の昼　大場孤雪

句作のおり、意味を変えずに1音、あるいは2音、３音の増減が必要な場面はよくあると思います。チョウとチョウチョは頭のなかで容易に変換できると思いますが、「同義・異音数」の季語がすぐに思いつかないときは『音数で引く歳時記』の出番です。

３音・４音・５音をセットでおぼえる

一般に、時候の季語は比較的身近です。上五や下五に置いて一句を仕上げるのに使いやすい。例えば、昼夜の長さに着目した季語が春夏秋冬それぞれにあります。春は「日永」、それに近い感じの「遅日《ちじつ》」。夏の「短夜《みじかよ》」。秋の「夜長」、冬の「短日《たんじつ》」。

どの季語にも音数のちがう傍題（関連季語）があります。これらをセットでおぼえておくと、句作のとき便利です。
「日永」（3音）には「永日《えいじつ》」「永き日」（4音）。「日永し」は字数は4ですが、声に出して読むときの読み方に従って5音で用いられることが多い（37頁参照）。

うら門のひとりでにあく日永かな　一茶
永き日や胃の底さぐるゴムの管　安住敦
永き日の逆さに覗く児の奥歯　渡部有紀子

「永き日や（の）」と「日永かな」は容易に書き換えができます。例えば、ここにあげた三句からはそれぞれ、《永き日やひとりでにあく裏の門》《ゴム管の胃の底さぐる日永かな》《児の奥歯逆さに覗く日永かな》といったように、別の傍題でダミーの句形を作ることができます。「永き日や」も「日永かな」も句形として美しいから、どちらがよいか迷うことも多い。句ごとに判断するしかないのですが、一般的に、この事象もまた「日永」の気分の一つのあらわれであるという心持ちで、「日永」を強調したいときは「日永かな」。逆に「永き日」を受けて、そのなかに生じた特定の事象（「ゴムの管」や「児の奥歯」）を目立たせたいときは、「永き日」は上五に置いて、中七下五で季語以外の事柄を述べる文体が適します。

Q●季語の位置によって焦点がちがってくるのですね。

別の季語も見てみましょう。「遅日」（3音）には、「遅き日」（4音）、「暮遅《くれおそ》し」「暮れかぬる」「夕長し」などの5音、さらには「春日遅遅《しゅんじつちち》」という6音もあります。

縄とびの端もたさるる遅日かな　橋閒石　（春・一七頁）

《遅き日や縄とびの端もたされて》とするより、もとの句の「遅日かな」のほうが、「遅日」という季語の存在が大きく感じられます。

よき庭によき子遊べり暮遅し　松本たかし

《よき庭によき子遊べる遅日かな》と書きたくなります。そう書くと「よき庭」も「よき子」も「遅日」のなかに溶け込んでしまいそうな感じです。しかし、もとの句はあえて「遊べり」といったん中七で切りました。そのほうが、立派な庭で幸せそうに子どもが遊んでいる姿がよく見えてきます。その情景を見ながら、「そういえば、日が暮れるのが遅いことだ」と下五で言い添えたのです。

いっぽう《よき庭によき子遊べる遅日かな》だと、最初から「遅日かな」という落としどころを想定しているかのような感じがします。

単純化していえば、「遅日かな」の場合は季語が主であり、中七を「遊べり」で切った後の

「暮遅し」の場合は季語が従である、といってよいと思います。

Q●どの季語・どの音数が選ばれているのかを見ていくと、作者の狙いが伝わってくるような気がします。

時間感覚も選択の基準

夏の「短夜」（4音）には「短夜《たんや》」（3音）、「明易し《あけやす》」（5音）、「明易」（4音）も使われます。

短夜の明けゆく水の匂ひかな　久保田万太郎
すぐ来いといふ子規の夢明易き　高浜虚子
明易の波頭また波頭　石田勝彦

なお、「短夜《たんや》かな」という作例はあまり見かけません。古い雑誌（明治四十年の「卯杖」第五巻第六号）で「短夜」の俳句を募集したコーナーを見たところ、入選句の多くは「短夜《みじかよ》」「明易」を上五、「明易し」「明易き」を下五に用いています。下五を「短夜《たんや》かな」とした作例は、《俳に更けて暁寒き短夜かな　白雉》だけでした。

「夜長」（3音）には「長き夜」（4音）があり、また「夜長さ」（4音）という例も見かけます。

よそで鳴る夜長の時計みなが聞く　長谷川素逝
夜長さの障子の桟の影とあり　同
寝て起て長き夜にすむひとり哉　炭太祇
長き夜の蛇口を抜けてきし女　閒村俊一　（秋・四二頁）

「短日」（4音）は「暮早し」（5音）に置き換えることが可能です。日短《ひみじか》は「日永し」と同様、字数は4つでも、声に出すと5音のように聞こえますので（37頁参照）、5音のフレーズとして扱う作例をよく見かけます。

短日のジープが運ぶ日本人　池禎章　（冬・四〇頁）
あたたかき日は日短きこと忘れ　後藤比奈夫
本山の夕べの鐘も日短か　高野素十
厨《くりや》の燈《ひ》おのづから点き暮早し　富安風生

なお、「遅日」と「暮遅し」（「暮れかぬる」「夕長し」など）、「短夜」と「明易し」、「短日」と「暮早し」は大まかにいえば同じといってさしつかえありません。しかし個々の作例を見ると、句によっては微妙なニュアンスのちがいを見出せる場合もあります。さきほどあげた「遅日」と「暮遅し」のもとの句と季語を入れ替えたダミーをならべて、考えてみましょう。

縄とびの端もたさるる遅日かな　橋閒石　（春・一七頁）
縄とびの端もたされて暮遅し　（ダミー）
よき庭によき子遊べる遅日かな　（ダミー）
よき庭によき子遊べり暮遅し　松本たかし

「遅日」の場合、春の長い昼間がもうしばらくは続いてゆくような感じ。「暮遅し」は、まだまだ明るいものの、そろそろ日暮の気配が漂い始めた、といった心持ちでしょうか。昼を中心に考えれば「遅日」、日暮を中心に考えれば「暮遅し」という表現になるといってよさそうです。

さらに、じっさいの句とそのダミーで、季語の働きについて探ってみましょう。

短夜の乳ぜり泣く児を須可捨焉乎《すてつちまをか》　竹下しづの女
明易の乳ぜり泣く児を須可捨焉乎　（ダミー）
短夜のアパートの物置く廊下　（ダミー）
アパートの物置く廊下明易し　右城暮石

「短夜」というと、真夜中から夜明け前までの幅のある時間帯を思い浮かべます。真夜中の情景を「短夜」と詠んでもよいのです。いっぽう「明易」というと、真夜中ではなく、夜明に近い頃合いを思い浮かべます。

短日の燃やすものもうないかしら　池田澄子

暮早き燃やすものもうないかしら（ダミー）

厨の燈おのづから点き日短（ダミー）

厨の燈おのづから点き暮早し　富安風生

「短日」の場合、まだ昼であってもその後の昼の短さを思って「短日」と詠むことがあります（ただし《厨の燈おのづから点き日短》は夕方です）。いっぽう「暮早き」は、すでにあたりが暗くなり始めた感じがします。

以上のほかにも、ちがう音数に換えられる季語が多くあります。それらを頭に入れておくと、表現したいことをすっきりと定型におさめられるようになります。

バラとソウビ、ナスとナスビ

字面は同じでも読みがちがう季語があります。それも音数の調整に活かせます。

雨に剪る薔薇に傘をさしかけて　稲畑汀子　季語＝薔薇・夏

この句の「薔薇」は「そうび」と読みますが、句作をする頭のなかでは、薔薇はまず「ばら」として把握されることでしょう。薔薇を「バラ」のまま句に詠み込もうとして音数をやりくりすると《薔薇を剪る雨中に傘をさしかけて》《さしかけし傘や雨中の薔薇を剪る》《雨に剪るこの薔薇に傘さしかけて》《雨に薔薇剪らんと傘をさしかけて》《雨の薔薇剪らんと傘をさしかけて》《さしかけし傘に薔薇剪る雨の中》《雨に剪る薔薇にさしかけたる傘よ》《雨に剪る白薔薇傘をさしかけて》《雨に剪る薔薇あり傘をさしかけて》等々。《雨に剪る薔薇に傘をさしかけて》という、すっきりした句姿になかなか到達できません。

「白薔薇」だと4音、「薔薇の花」だと5音。薔薇を3音に置き換えることができれば、やりくりは楽になります。そこで「そうび」という読みを思いつくことが句作のポイントです。

ほかにもあります。茄子を「なす」とも「なすび」とも読む。この夏の季語も同様です。

茄子汁《なすびじる》冷えて沈みし茄子《なすび》かな　武象　季語＝茄子汁・夏

この句は、《茄子汁《なすじる》の冷えて沈みし茄子かな》とも書けますが、句の調子と字面をより引き締まったものにするため、「の」を略しています。

茄子《なす》汁《じる》の汁のうすさよ山の寺　村上鬼城

この句は、《茄子汁《なすびじる》汁のうすさよ山の寺》では調子がよろしくない。「茄子汁の」の「の」は必要です。
ナスとナスビは1音のちがいです。ナスビでおさまらないときはナスにすればよい。

秋茄子《あきなす》や肥《こえ》につられて一盛《ひとさかり》　非石

《秋茄子《あきなすび》肥につられて一盛》とも書けますが、上五が「や」で切れたほうが句の形は美しい。

おほかたの葉を振りおとし秋茄子《あきなすび》　水陽

《おほかたの葉を振りおとし秋の茄子《なす》》とも書けますが、下五は「秋茄子《あきなすび》」のほうが引き締まった感じがします。

字面は4音でも声に出すと5音

「日短《ひみぢか》」（冬）と「火《ひ》恋《こい》し」（秋）は、音読のとき「ヒッミジカ」「ヒッコイシ」、あるいは関西風なら「ヒィミジカ」「ヒィコイシ」。これらを五音とみなして上五下五に置く作例は多く見かけます。

来るとはや帰り支度や日短　虚子

うせものをこだはり探す日短　高浜虚子
あそびくせつき時計見て日短か　星野立子
このみちも亦《また》日短か忌に集ふ　高野素十
火恋しわが靴音をわが聞けば　佐々木六戈（秋・五三頁）

なお、「日短か」のように「か」の字を送るかどうかは、その作者の用字の好みによります。虚子は「日短」のように、「か」を送らない派です。

梭《ひ》落ちて機《はた》下りる妻や短き日　師竹

「梭」は横糸に経糸を通す機織りの道具です。上五は「ヒッオチテ」と「1音＋3音」を5音のように用いています。下五も「日短」とすると、上五下五の「ヒッオチテ」と「ヒッミジカ」がうるさい感じになるためでしょうか、下五は「ミジカキヒ」ときっちり5音にしています。

Q●じっさいに声に出してみると、「日短」も「火恋し」も5音ですね。おっしゃるように「日」「火」のあとに促音（っ）、あるいは1拍の休符が入る感じです。季語以外でも、以前、「チェ・ゲバラ」という人名が入った句を読んだとき、「チェ」のあとに1拍入って、

5音に読めました。その句も5音で扱っていました。

あまり見かけないものの、「日」を2音ではなく1音に数える、次のような作例もあります。

ざうざうと汲む山の井や日短き　香村

新妻の焚く風呂温《ぬ》るく日《ひ》の短《みじか》　鳴角

一句目は下五を「ヒミジカキ」、二句目は「の」を入れて「日の短」。

日沈む方へ歩きて日短　岸本尚毅

拙句はあえて上五を「ヒッシズム」とし、下五を「ヒッミジカ」としました。文字の少ない字面を志向したのです。

日凍てゝ空にかゝるといふのみぞ　高浜虚子

このように、4音を5音のように読むのは、「日凍てゝ」「日短」「火恋し」のように1音＋3音の構造で、その1音と3音のあいだに間《ま》がある場合が多い。その例外としては、

と云ひて鼻かむ僧の夜寒かな　高浜虚子　季語＝夜寒・秋

の場合、「ットイイテ」と、上五の最初に小さな間《ま》を置くことで5音のように聞こえます。

第3講

季語をちょっとアレンジ

「涼し」から「涼しく」へ、「時雨《しぐれ》」から「しぐるる」へ、形容詞や動詞などが季語となる場合は、その活用形を頭に置いておくと、作句の幅が広がります。あわせて、忌日俳句の作り方を解説します。

活用形で音数が変わる

Q●動詞の季語を、語尾を活用させて句に詠み込む作例を目にします。

上五の「しぐるゝや」はよく見かけますね。

しぐるゝや田のあら株の黒む程　芭蕉

しぐるゝや駅に西口東口　安住敦

これらの作例では、冬の季語「時雨《しぐ》る」という動詞の連体形「しぐるる」（4音）が用いられています。

連用形で用いて、それに続く助動詞・助詞によって音数を調整することもできます。

大阪はしぐれてゐたり稲荷ずし　北野平八

「しぐれてゐたり」は、連用形の「しぐれ」に接続助詞「て」、動詞「ゐる」の連用形の「ゐ」、助動詞「たり」が接続したもの。

時雨以外の材料は「大阪」と「稲荷ずし」。比較的イメージの近いワンセットの名詞が「しぐれてゐたり」をはさむ形です。それ以上、余分なことを言わないでシンプルに仕上げようとした結果、中七はゆったりとした「しぐれてゐたり」になりました。

手から手へあやとりの川しぐれつつ　澁谷道

連用形の「しぐれ」に接続助詞「つつ」が付いて、《しぐれつつ》と5音で用いた作例。あやとりがいつまでも続いているような余韻を残したい下五には、継続の意味をもつ「つつ」が適しています。

衣笠やしぐれながらにいかのぼり　中村秀好

京都の衣笠でしょうか。時雨が降りながらも誰かが凧《たこ》（いかのぼり）を揚げている。「しぐれつつ」と同じような表現を中七に用いようとすると、「しぐれながらに」という形が使えます。

大仏の屋根を残して時雨けり　諸九尼
人々をしぐれよ宿は寒くとも　芭蕉

一句目は、切字「けり」で句を結んだ格調高い句形です。

二句目の「しぐれよ」は命令形。時雨の風雅を解する人々に時雨よ降れ、たとえ宿は寒かろうとも、というのです。

Q●季語の一部が動詞の場合も同様でしょうか？

冬の季語「北窓塞ぐ」（7音）、「北窓を塞ぐ」（8音）も、「塞ぐ」を活用させて、いくつかの音数に展開できます。

海を惜み北窓塞ぐ硝子かな　秋航

「北窓塞ぐ」をそのまま7音に使う。これが基本形です。あるいは、「北窓を塞ぐ」と8音で用いることもあります。

北窓を塞ぐ日向や海を前　原抱琴

これは上五から中七にかけて「北窓を塞ぐ」。この「塞ぐ」は連体形です。
さらに「塞ぐ」を活用させて、助動詞を付けたのが以下の作例です。

北の窓ふさぎぬ獣通ふらし　石井露月
北窓を塞げる家や鶏の声　原抱琴
北窓を塞いで遠し海の音　笑堂

北窓を塞げば遠き隣かな　一貫

一句目の「ぬ」は完了の助動詞。季語部分は9音。「北の窓を塞いだよ」というのです。

二句目は、已然形の「塞げ」に存続の助動詞「り」の連体形の「る」が接続した形。「北窓を塞いである家だ」というのです。

三句目は、連用形「塞ぎ」に接続助詞の「て」が接続しています。そのままだと「塞ぎて」ですが、イ音便によって「塞いで」となっています。

四句目は、已然形「塞げ」に接続助詞の「ば」が接続した形です。

「塞ぐ」を下五に置いた作例には、次のような句があります。


潮しぶき来る北窓を塞ぎけり　角川源義

北の窓日本海を塞ぎけり　正岡子規

一句目は、連用形「塞ぎ」に助動詞「けり」（切字）が接続しています。

二句目のように、「北窓塞ぐ」を上五と下五に分けて用いた例もあります。

塞ぎたる北窓近く鳴く狐　葦天

これは、連用形の「塞ぎ」に存続の助動詞「たり」の連体形「たる」が接続した形。上五から中七にかけて「塞ぎたる北窓」という形で季語が嵌《は》まっています。

形容詞の季語の活用

形容詞の季語も、活用させて使えます。例えば、夏の季語「涼し」。

ここ涼しかしこ涼しと座をかへて　高浜年尾

「涼し」（3音）をそのまま使って繰り返す。軽妙な仕上がりです。

連用形「涼しく」は日常語でもよく使います。飯田龍太に名句があります。

どの子にも涼しく風の吹く日かな　飯田龍太

「涼しく」「吹く」と、畳み掛けるようで心地よい。《どの子にも涼しき風の吹く日かな》と、連体形を使うことも、句意の上からはできないことはないのですが、それだと、この句のようなリズムは出ません。この句の調子のよさは、「どの子にも」「涼しく」「風の」の三つのフレーズがすべて「吹く」という動詞に向かってゆくところに起因します。うっかり「涼しき風」とやってしまうと句の生動感が減じるのです。

スタンドに心しづかなり涼しくて　石田波郷
くるぶしに翼あるごと涼しくて　川口重美

一句目には「夜の競泳」と前書があります。中七の「しづかなり」でいったん切れた後の下五ですから、「涼しくて」と流すような形にしています。

「涼しくて」は「涼しくていいところだ」というふうに口語でも使う形ですが、一句目の「しづかなり」、二句目の「あるごと」は文語。文語の文脈であり、「涼しくて」も文語です。

句末の「涼しかり」は文法的には要注意

Q●「涼し」は、「涼しかり」といった形で下五に置かれるのも、よく目にします。

連用形（カリ活用）の「涼しかり」を句末に用いる作例はたしかに見かけます。こういう作例ですね。

井戸掘は屋根葺よりも涼しかり　佐藤紅緑
光年を消しつつ星座涼しかり　藤田湘子

虚子には、季語ではありませんが、「空《むな》しかり」を使った句があります。

春の山屍《かばね》を埋めて空しかり　高浜虚子

このような形で形容詞の連用形の「〜かり」を句末に用いる作例は、実態としてしばしば見かけます。文法的な観点からは、このような「〜かり」の使い方を疑問視する見解もあります。私自身は文法的な気持ち悪さがあるので、このような「〜かり」は使わず、下五に形容詞を使う場合は、「涼しかり」ではなく「涼しくて」とすることにしています。

連用形の「涼しかり」に助動詞が接続する場合、文法的には問題ありません。

見る目さへ涼しかりけり辻が花　三華
祭笛吹くとき男佳かりける　橋本多佳子

一句目は、詠嘆の「けり」が接続した形です。ただし「涼しかりけり」に7音を費やすのがもったいないからでしょうか、「涼しかりけり」を用いた作例は滅多に見かけません。二句目の「佳かりける」は、形容詞の連用形に助動詞「けり」（その連体形の「ける」）が接続した用例です。

舟も涼しかりしを樹々の風の蟬　鹿語

しほ釜は涼しかりしか昔こそ　正岡子規

連用形に助動詞の「き」（その連体形の「し」あるいは已然形の「しか」）が接続した用例です。二句目の子規の句は「こそ〜しか」（こそ＋已然形）の係り結びを倒置にした用例です。

忌日季語にも音数のちがう傍題

Q●忌日季語は、短いものでは2音の「御忌《ぎょき》」（法然上人の忌日。旧暦一月二十五日）。3音の「子規忌」（九月十九日）、「虚子忌」（高浜虚子の忌日。四月八日）、「普羅忌」（俳人・前田普羅の忌日。八月八日）、「乃木忌」（軍人・乃木希典の忌日。九月十三日）などがあります。

それぞれに音数のちがう傍題（関連季語）があります。それをうまく使えばよいわけですね。

「御忌」には「法然忌」「円光忌」（5音）という言い方もあります。傍題として「御忌詣《ぎょきもうで》」（5音）もあります。

「子規忌」には「糸瓜《へちま》忌」（4音）と「獺祭《だっさい》忌」（5音）。「糸瓜忌」は、《糸瓜咲て痰のつまりし仏かな》などの絶筆に、「獺祭忌」は子規の俳号の一つ「獺祭書屋主人」に由来します。

「虚子忌」の傍題「椿寿《ちんじゅ》忌」（4音）は法名「虚子庵高吟椿寿居士」にもとづく。「普羅忌」は

「立秋忌」（5音）とも。これは八月八日が立秋にあたる場合があるためです。「乃木忌」は「希典《まれすけ》忌」（5音）とも呼ばれます。

忌日を一句のどこに嵌《は》めるかについては、特別の考え方はなく、ふつうの言葉と同じように考えればよいのです。

くつきりと子規忌の富士でありにけり　星野椿　（秋・二七頁）

草の丈のびて人越す子規忌かな　宇佐美魚目

一句目は、中七に配した例。二句目のように、下五に配して「かな」で止めた作例もよく見かけます。

糸瓜忌に古今の句集積みにけり　野村喜舟

糸瓜忌や虚子に聞きたる子規のこと　深見けん二

「糸瓜忌」のように4音の場合、助詞を添えて上五に使うことが多い。

いっぽう、「獺祭忌」のように5音の場合は、

乾かざるままに筆巻く獺祭忌　ふけとしこ

獺祭忌一日長く過しけり　九鬼あきゑ

といったぐあいに、上五または下五に使うことが多い。

忌日季語は「の」でプラス1音

虚子忌も見てみましょう。

年々の虚子忌は花の絵巻物　今井つる女（春・二四頁）
うらうらと今日美しき虚子忌かな　星野立子
狂言の足袋黄色なる虚子忌かな　岸本尚毅

最初の句は中七に配した例。あとの二句は下五に配して「かな」で止めた作例。
「椿寿忌」はあまり使われることがなく、4音で使うときは「虚子の忌」とすることが多い。例えば次の句のように。

虚子の忌を明日にぞくぞく海に星　波多野爽波
虚子の忌の大浴場に泳ぐなり　辻桃子

「虚子忌」を「虚子の忌」とするような用例に関しては、古い文献（明治三十一年の「類題発句明治選十冬の部」にも《持寄の料り奢らず翁《おきな》の忌》《時雨ねば成らぬ空なり翁の忌》（翁忌は芭蕉忌）

といった作例が見られます。

ただし、注意が必要です。人名の場合、「誰々忌」を「誰々の忌」としてもさしつかえありませんが、芥川龍之介の忌日（七月二四日）の「河童忌」を「河童の忌」にすると、妖怪の河童の忌日という意味になってしまいます。

「糸瓜忌」を「糸瓜の忌」、太宰治の「桜桃忌」を「桜桃の忌」、「椿寿忌」を「椿寿の忌」とするような使い方は無理です。

その季節の季語を重ねる忌日俳句

Q●忌日俳句には、季語が二つ、つまり、忌日季語のほかにもう一つ季語が入っている句をよく見ます。これはどう考えればよいですか？

人の死は時期を問いません。忌日は、自然現象や生活に関わる季節感をもたない事象です。そのため、季節感のある事象と取り合わせても、季節感の表現が重複するおそれがありません。むしろ、忌日とその忌日の頃の自然現象とは相性のよい取り合わせになることも多い。

しばらくは野火《のび》のうつり香義仲《よしなか》忌　飯田龍太　（春・一〇三頁）義仲忌＝旧暦一月二〇日

花の雲四方にありし虚子忌かな　高野素十
一茶忌やふかぶか掘りし葱の畝　安住敦　一茶忌＝旧暦一一月一九日

このように、結果的に「季重なり」になった作例がよく見られます。

忌日俳句の作り方

Q●音数から話がそれますが、忌日俳句を詠むときに、うまくいくコツはありますか？

基本的に「〇〇忌」は、忌日の法要を行うことが基本です。例えば、

有り合はすものにて祭る子規忌かな　高浜虚子

自分の兄事《けいじ》した子規の忌日に、その法要に参じている姿です。

ただし、じっさいに法要に参じることは、よほど関係の深い人の忌日でなければあり得ません。

それほどでなくても、その忌日のその人のことを思うという程度の忌日俳句が一般的です。例えば、

業平《なりひら》忌赤き蒲団の干されけり　高柳重信　業平忌＝旧暦五月二四日

子規の忌をきのふに雨の葎《むぐら》かな　片山由美子

一句目は、宮廷恋愛におけるプレイボーイであった業平に対して、蒲団という卑俗なものを配した句。

二句目は、子規の《あたたかな雨の降るなり枯葎》が踏まえられています。忌日俳句には、故人の業績やエピソードを詠み込むことが多いのですが、この句はよく知られた故人の名句に対するオマージュといったところでしょうか。

健啖《けんたん》のせつなき子規の忌なりけり　岸本尚毅

形のうえでは子規の忌を中七から下五にまたがって配した作例。病床にあって旺盛な食欲を発揮した子規を思いやっての作です。

忌日が季語とされるのは、そもそも故人が（とくに文芸の分野で）よく知られている人物だからです。

栞《しおり》して山家集あり西行忌　高浜虚子　西行忌＝旧暦二月一六日

ほしいまま旅したまひき西行忌　石田波郷

一句目は、西行に、西行の歌集「山家集」を配しました。忌日俳句の出発点はこのような、つきすぎに近いところにあって、そこからすこしずつ距離感のある取り合わせを模索するということになりましょう。

旅の人である西行の忌日を詠んだ二句目は、作者が、結核との闘病のため旅をすることがなかなか叶わなかった石田波郷であることが、鑑賞のうえでの一つのポイントです。

芭蕉忌や遠く宗祇に遡る　高浜虚子　芭蕉忌＝旧暦一〇月一二日

蛇笏忌やどすんと落ちし峡《かい》の柿　秋元不死男　蛇笏忌＝一〇月三日

一句目は、旅に生きた詩人である芭蕉の思いは、さらにその遠い昔の連歌師《れんがし》、宗祇に遡ってゆくという句。二句目は、重厚な俳風の飯田蛇笏に「どすんと落ちし峡の柿」と、重量感のある中七下五を配しました。

忌日俳句では、その故人からの連想で別の故人を登場させることもあります。

山辺《やまのべ》の赤人《あかひと》が好き人丸忌　高浜虚子　人丸忌＝旧暦三月一八日

獺祭忌鳴雪以下も祭りけり　同

糸瓜忌の一日前の南瓜仏《かぼちゃぶつ》　同

一句目は、柿本人麻呂（人丸）の忌日に、山辺赤人のほうが好きだという、じつに軽い感じの詠み方です。
二句目は、子規忌のさいに、子規のまわりに集《つど》った仲間である内藤鳴雪（故人）なども祭る、というのです。
三句目は、子規門の仲間であった石井露月が九月十八日に亡くなったのを受けての弔句を「子規忌」で詠んだもの。子規門の句仲間での露月のニックネームが「南瓜道人」でした。

定家《ていか》忌や勤《つとめ》やすまず川田順　山口誓子　定家忌＝旧暦八月二〇日

川田順は、誓子も勤務していた住友本社の要職にあった人物で、歌人として名高い。勤め人と歌人の二足の草鞋《わらじ》を履いていた川田順と、大歌人でありながら宮廷官人としての俗世の苦労の絶えなかった藤原定家とを重ね合わせたのです。

鬼城《きじよう》忌や露月忌子規忌相並び　高浜虚子

九月十九日が子規忌、十八日が露月忌のところ、虚子門のベテラン俳人の村上鬼城は九月十七日に亡くなったのでした。

蛇笏忌のあとに素十忌鰯雲　飯田龍太

俳人飯田蛇笏の忌は十月三日、高野素十は十月四日です。

第4講

短い季語を詠み込む

蚊、蛾、炉、春、夏、秋、冬、梅、薔薇。1音や2音の短い季語の効果を見極めて、残りの16音、15音をムダなく最適に組み立てるのに必要なコツや考え方を具体的に解説していきます。

短い季語だからこそ句は簡潔に

Q●短い季語を使うと、残された音数が多いだけに、融通がききそうですが、その反面、失敗も多いように思います。音数を稼ぐために不要なことを言ってしまったり、ベストな表現を選べなかったり。

『音数歳時記』のはじめのほうには、1音、2音といった音数の少ない季語が載っています。最小の音数である1音の季語とその例句から、まず、季語を中心にした句を見てみましょう。

掌やぺしやんこの蚊の欠くるなく　加田由美　（夏・八頁）

蚊そのものを詠んだ句です。蚊を打った。「ぺしやんこ」になった。潰れた蚊を見ると、翅も肢もまったく欠けることなく、そっくりそのまま「ぺしやんこ」である。

季語は「蚊」の1音だけ。残った音数で状況を描写しています。そんな句でも「打つ」という動詞は省略されています。

例えば、《蚊を打つやぺしやんこの蚊の欠くるなく》でも句意は同じですが、「蚊を打つや」は作者が蚊に何をしたか、蚊の身に何が起こったかの説明でしかない。「掌や」といえば、「打つ」

と言わなくても手で蚊を叩いたことはわかる。「蚊」という字の重複も避けられる。それにもまして、蚊を打った巨大な「掌」を、読者は映像として思い浮かべる。「ぺしやんこの蚊」を読者に想像させるうえで「掌や」は巧みな導入です。

１音の季語であっても、否、１音だからこそ、余計なことを言わないようにすることが、句作の要諦です。

暁や鵜籠《うかご》に眠る鵜《う》のつかれ　正岡子規　（夏・八頁）

鵜そのものを詠んだ作です。鵜飼の籠のなかの鵜が疲れたように目を閉じている。「鵜籠に眠る鵜のつかれ」で句は完結しているのです。では上五をどうするか。句をむやみに複雑にするようなことは言わないほうがよい。そういう意味で「暁や」というあっさりとした上五は悪くないと思います。

たっぷり残った音数を有効に

次は、季語と季語以外の事柄との取り合わせで成り立った句です。

死を遁《のが》れミルクは甘し炉はぬくし　橋本多佳子　（冬・一二一頁）

形のうえでは「死を遁れミルクは甘し」で切れた後に、季語の「炉はぬくし」が続きます。しかし、意味のうえでは「死を遁れミルクは甘し」と「死を遁れ炉はぬくし」という二つの文から成り立っていると思ったほうがよさそうです。

あたたかいに決まっている「炉」が「ぬくし」とは文字のムダに見えますが、「死を遁れ」があるからこそ「炉はぬくし」の「ぬくし」が生きるのです。

別案として、《死を遁れミルクの甘き暖炉かな》という書き方もあります。「暖炉かな」でも「死を遁れ」の安堵感は読者に伝わることでしょう。しかし、《ミルクは甘し炉はぬくし》とすれば、「ミルクは甘し」の甘い気分が「炉はぬくし」にまで揺曳《ようえい》します。

Q●気分が尾を引き、情趣の残響があるのですね。

仮に上五が「恋をして」だったらどうでしょうか。《恋をしてミルクの甘き暖炉《だんろ》かな》も悪くはありませんが、《恋をしてミルクは甘し炉はぬくし》とすれば、下五も含め十七音全体に甘い気分が横溢します。

「暖炉」や「囲炉裏《いろり》」ではなく、1音の「炉」を使ったことによって「ぬくし」という語を使うことができたわけで、このあたりにも音数の少ない季語を使うことの利点がありそうです。『音数で引く俳句歳時記』には、このほかにも、1音の例句がいくつかおさめられています。

暑に負けてみな字忘れて仮名書きに　星野立子　（夏・八頁）
蛾打ち合ふ音にはなれて眠りたり　臼田亞浪　（同）
白壁に蛾がをり輪血終りたる　山本雄示　（同）

いずれも、季語以外の事柄が、音数をたっぷりと使ってゆったりと詠まれています。音数の少ない季語を生かした詠み方の作例です。

短いままか、4音や5音で使うか

Q●短い季語をそのまま使った句の魅力がわかりました。けれども、俳句を作っていると、とくに初心の頃は、1音や2音の季語よりも、5音あるいは4音のほうが使いやすく感じます。俳句は、おおざっぱにいうと、五七五の三つの部品から成ります。ならば、5音や7音に近い音数のほうがそのまま俳句の形におさまるように思ってしまう。例えば、「花」「桜」ではなく「朝桜」や「夕桜」。また、「蜂」ではなく「熊蜂」「蜂の子」「蜂の巣」など。短いままか、4音・5音の傍題（関連季語）を使うか。そのへんの選択については、どう考えればよいのでしょうか？

たしかに、5音の季語の場合、上五や下五にすっぽり嵌《は》めるように用いることが多い。しかし、じつは、音数の少ない季語も、主語や目的語として句の文脈に嵌め込みやすいのです。「桜」「花」の作例を見てみましょう。

坂道は人をとどめず夕桜　片山由美子　（春・一一四頁）
俎《まないた》に鱗積もりぬ夕桜　小川軽舟　（同）
墓地は石の多きところや夕桜　津久井健之　（同）
ご無沙汰の酒屋をのぞく初桜　蝶花楼馬楽　（同）
洗顔のてのひらぬくし初桜　津川絵理子　（同）

「夕桜」「初桜」（いずれも5音）の場合、桜は背景あるいは点景として用いられています。

Q●たしかに。桜の花一輪や花びら一片には、読者の視線が向かいません。

「花」「桜」というように音数の小さい場合はどうでしょう。

咲き満ちてこぼるゝ花もなかりけり　高浜虚子　（春・一一二頁）
花満ちて玉の如くにふるへをり　岸本尚毅　（同）

「花」そのものを主語に据えて「花」がどうした、という形で、「花」の性状を句に詠むことができます。

見かへればうしろを覆ふ桜かな　樗良　（春・二八頁）

この句は「桜」（３音）の例句です。「桜かな」という形ですが、「うしろを覆ふ」の主語は「桜」です。「月」の場合はどうでしょうか。

木の上に雲現れし良夜かな　岸本尚毅　（秋・二〇頁）

名月やしづまりかへる土の色　許六　（秋・四六頁）

それぞれ「良夜」（３音）、「名月」（４音）の例句です。「良夜かな」「名月や」は句全体の主題を示しています。「月」（２音）の例句では、

月天心貧しき村を通りけり　蕪村　（秋・八頁）

青い雑踏広告塔が月を吊る　福田若之　（同）

月が天心にある、広告塔が月を吊るというように、句の文脈のなかで「月」が主語あるいは目的語となっています。

季語だけをポンと置くのではなく、一句の文脈に季語を嵌《は》め込むように作りたい場合、音数の

少ないほうが使いやすいのです。

春夏秋冬はすべて2音、その使い方

Q●2音といえば、「春」「夏」「秋」「冬」は、例えば「冬帝」のように、傍題で音数を増やして使うことも多い。これらも、狙う効果によって使い分けるのですね。

「秋」（2音）の例句を見てみましょう。

うしろより夕風が来るそれも秋　今井杏太郎（秋・八頁）

この句の「夕風」は夕方に吹く秋風なわけですが、《うしろより秋風が来る夕べかな》とは書かなかった。この風は秋風である以上に夕風であったということですね。「秋」と「風」を分離することによって「それも秋」という繊細なものの言い方が可能になったのです。

秋なれや木の間木の間に空の色　也有（秋・八頁）

同じく「秋」の例句。この句の場合、例えば《あをあをと木の間木の間に秋の空》でもいいわけですが、「空の色」と言ったほうが季節感の表出がより細やかになります。

「春」（2音）も見てみましょう。

春なれや水の厚みの中に魚　岩田由美　（春・八頁）

この場合、例えば《春水の厚みの中の魚見ゆる》ともできるのですが、それではダメで、「春なれや」と、「春」を取り出したことで、生き生きとした作品になりました。

さらに「冬」（2音）の例句です。

窓々の灯のおちつきのすでに冬　久保田万太郎　（冬・一二頁）
思考停止《エポケー》の白雲があり冬と知る　藤田哲史　（同）

それぞれ、《窓々やおちついてゐる冬灯》《思考停止の白々として冬の雲》などとしても似たような句にはなりますが。「すでに冬」「冬と知る」という言葉に託された一句のニュアンスは、「冬」を「冬」として切り出すことによって生まれるものです。

以上のような発想は、季節をあらわす言葉をどの言葉にかぶせるか、という選択問題にも適用できそうです。

叙景か観念か、即物か象徴か

短い季語か、それよりも音数の多い傍題（関連季語）か。これについて、別の角度からも考えてみましょう。

「薔薇」という季語には、「薔薇《そうび》」（3音）、「薔薇垣《ばらがき》」「薔薇園」「白薔薇」「紅薔薇」（4音）、「西洋薔薇」（6音）などの傍題があります。まず、2音の「薔薇」をそのまま使った例を見ましょう。

われに薔薇山羊には崖を与ふべし　中村草田男　（夏・一七頁）

「山羊には崖」は実景として成り立ちますが、「与ふべし」という、強い意志を示す言葉があり、かつ「われ」と「山羊」、「薔薇」と「崖」が対句の形で対照されているので、寓意を読み取りたい作品でもあります。例えば、「詩人である我には薔薇を、好んで山岳に暮らす山羊には崖を、それぞれの天賦にふさわしいものを与えるべし」というように。

Q●崖の風景に、ある種の観念のようなものがオーバーラップして、情趣豊かな句に思えてきました。

同じ薔薇でも、例えば「薔薇垣」という傍題を使った句もあります。

薔薇垣の夜は星のみぞかがやける　山口誓子

この句がもし、《薔薇の花夜は星のみぞかがやける》とか《薔薇咲いて夜は星のみぞかがやける》であれば、薔薇に孤高や孤独の姿を見出して、多少とも寓意的な鑑賞の余地もありそうです。

Q●「薔薇」という語には、なんらかの観念を象徴する作用が働くのですね。

この句で、誓子は、「薔薇」ではなく「薔薇垣」を用いた。それによって、「薔薇」だけの場合よりも寓意性が希薄になり、純然たる叙景に近づきます。

Q●「薔薇」のもつ象徴性よりも、「薔薇垣」の具体性・即物性を選んだ。それでは、例えば、「薔薇垣」と同じ4音の「白薔薇」ではどうでしょうか？

《白薔薇に夜は星のみぞかがやける》ともできますね。「白薔薇」に色彩感があるぶんだけ、「薔薇」とだけあるよりも寓意性は薄まるような感じはします。しかし「白薔薇」は白薔薇なりの雰囲気があります。純然たる叙景に近いのは、やはり「薔薇垣」のほうでしょう。

実景か心象か、季語の効果を見定める

「霧」(秋)という2音の季語を見てみましょう。

霧のなか富士の全量居座るか　綾野南志　(秋・九頁)
霧にまぎれ重工業の突き出す胃　穴井太　(同)

どちらの句も「霧」は実景と解したい。一句目は富士、二句目は工場地帯の景です。それぞれの中七下五の「富士の全量居座るか」「重工業の突き出す胃」は心象性が濃厚です。そこにかぶせる上五が濃厚だと、句が重くなる。上五はむしろ《霧のなか》《霧にまぎれ》のようにさりげないほうがいい。ここでは「霧」という季語の2音の軽さが生かされています。

さらに「露」(秋)を見てみましょう。

鶏鳴の露を呑みたる声ならむ　正木浩一　(秋・九頁)
水平線大きな露と思ひけり　大串章　(同)

一句目は、朝に鳴く鶏の声が露を呑んだかのような、朗々たる声だというのです。二句目は円弧をなす水平線を巨大な露の玉に見立てました。いずれも想像力を働かせた句で、「露」という

２音のシンプルな季語をうまく生かしています。

露の世のアジアに箸を使ふなる　依光陽子　（秋・四九頁）

「露の世」（４音）の項にあるこの句は、「露」をはかないものの象徴のように用い、心象性の高い表現を志向しています。同じ露でも「夜露」（３音）の項にあるこの句はどうでしょう。

鉄腕アトム夜露にさらされて眠る　福田若之　（秋・二一頁）

ロボットの鉄腕アトムが夜露のつくままに眠っている（ロボットだから休止？）。マンガの一場面を想像して詠んだ句と思われますが、ロボットの体を湿らせる「夜露」は即物的です。

芋の露連山影を正しうす　飯田蛇笏　（秋・九六頁）

なみなみと大きく一つ芋の露　岩田由美　（同）

これらは「芋の露」（５音）の用例です。いずれも叙景的な作です。

「連山影を正しうす」はやや心象的ですが、「芋の露」は即物的であり、心象性を抑制する方向に機能しています。

「露」という季語は、心象性を帯びがちな季語です。次の二句などが好例です。

親不知《おやしらず》はえたる露の身そらかな　川端茅舎
これやこの露の身の屑売り申す　同

ところが、「夜露」「芋の露」のように、別の語と接続した音数の多い形になると、心象性は希薄になる。季語のもつ心象性をどうコントロールするか、というときに、季語の音数も絡んでくるような気がします。

短い季語で変則的な「切れ」

俳句は5音＋7音＋5音の構成です。よって上五や中七に切れがあるのが多く見かける俳句の姿です。

春愁や二本の腕のありどころ　小川軽舟
比良ばかり雪をのせたり初諸子　飴山實　季語＝初諸子・春

一句目は上五の「春愁や」、二句目は中七の「雪をのせたり」で切れる、きれいな句形です。いっぽう、文体のバリエーションの観点からは、五七五の切れ目以外の箇所で、一種変則的な感じの切れを設ける形を使った作例にも目を向けたいところです。

寒《さむ》や母地のアセチレン風に歙《な》き　秋元不死男
秋や海の凹面にゐる男かな　三橋敏雄
春や達治幽霊坂をのぼりくる　大屋達治

これらの句は「寒や」「秋や」「春や」と頭の3音で切れています。

春やしづかに電気使はず金使はず　岸本尚毅

拙句も上五の途中で「春や」と切りました。「春はしづかに」「春をしづかに」でもよいのですが、伊勢物語にある《月やあらぬ春や昔の春ならぬわが身ひとつはもとの身にして》という歌を真似て「春や」という言い方を試みたのです。

「や」の切れ以外では、以下のような作例もあります。

音楽で食べようなんて思うな蚊　岡野泰輔　（夏・八頁）
算術の少年しのび泣けり夏　西東三鬼　（夏・九頁）

「思うな」は否定の命令の形での切れ。「泣けり」は助動詞の終止形での切れです。

上五や下五の途中に「切れ」を設けるとなると、2音や3音、ときには1音で、ある程度、意味のうえで独立した部分を設ける必要があります。ここに引いた作例では、「蚊」「春」「夏」「秋」

「寒（寒し）」といった音数の短い季語を使っています。

季語以外の1音・2音＋「や」の形

季語ではなく一般的な語を使って、上五の途中に切れを作る例もあります。

死や霜の六尺の土あれば足る　加藤楸邨　季語＝霜・冬

「死」というインパクトの強い1音の名詞に切字「や」を添えた《死や》の2音で切れて、《霜の六尺の土あれば足る》と続く。変則的な構造です。

隠岐やいま木の芽をかこむ怒濤かな　加藤楸邨　季語＝木の芽・春

ここで使われているのは「隠岐」のようなイメージ喚起力の高い地名です。この句は下五が「かな」で切れているものの、上五の途中でも「隠岐や」で切れています。「や」と「かな」の併用です。「かな」が主、「や」が従の切れであり、句全体としては力強い響きでみごとに仕上がっています。「や」の場所が上五の途中なので、「かな」とぶつかるほど強い切れになっていない。そのことも、この句の句形がうまくいっている理由の一つだと思います。

複数の季語をうまくおさめるには？

Q●短い季語を使って、余った音数にもう一つ、季語をもってくる句も見かけます。初心の頃、「季語は一つ」と教わります。いわゆる「季重なり」はダメと言われる。その点は、どう考えればいいのでしょうか？

まずは、どちらの季語に重点を置くか、です。

冬空へ出てはつきりと蚊のかたち　岸本尚毅

「冬」を「蚊」に冠すると「空へ出てはっきり冬の蚊のかたち」となるわけですが、この句は「冬空」を詠いたかった。この句の「冬」は「蚊」の属性ではなく「空」の属性なのです。

Q●「冬の蚊」は、蚊のさかんな季節を過ぎて、ちょっと弱々しい感じ。それを主役にすると、《はつきり》や《冬空》の語の明瞭なイメージにそぐわない。メインに描くのは、やはり《冬の空》でないとダメなんですね。

「秋風」と「蝶々」、二つの季語が入った句があります。

秋風の吹けば蝶々むらがれる　高野素十

この句、《風吹けば秋の蝶々むらがれる》と書けば、季語は一つ。「秋蝶」の句となります。しかし、問題は、秋風のなかの蝶か、風のなかの秋蝶か。どちらが作者の興味の対象であったか、です。

この句の場合、作者が感興を催したのは「秋風」という季語でした。蝶は春の季語だから、秋の蝶は「秋蝶」と詠まなければ、と思いがちです。けれども、この句は、そうした固定観念にとらわれることなく、「秋」を「風」に冠しました。「蝶」は特定の季節の蝶ではなく、たまたまそこにいた、ただの蝶と考えればよいでしょう。

何も言わないための「ありにけり」

俳句を作っているとき、あるいは推敲しているとき、まずは句の中身を必要最小限の言葉に絞り込んでゆきます。すると、句の中身が12音で完結してしまうことがあります。

Q●短い季語を使うときに起こりがちのような気がします。

そんなとき、どのように残りの５音を埋めるかが一つの考えどころです。

月さして一間の家でありにけり　村上鬼城　季語＝月・秋

「月さして一間の家」だけで意味のうえではできあがっています。そこで《月さして一間の家や川の音》とか《月さして一間の家のよかりけり》などとすると、一句に必要以上の情報が入ってしまう。

このような「雑味」が混ざらないようにするには、「ありにけり」のように意味のない措辞で埋めるのが正解だと思います。

しかも、たんに意味がないだけではなく、「けり」という切字が作用して、空洞に音が響くように、一句の余韻をより効果的に響かせることができます。いくつか作例をあげましょう。

帚木に影といふものありにけり　高浜虚子　季語＝帚木・夏

これが、《帚木に影のありける真昼かな》なら、どうでしょう。やはり雑味が入りますね。

おはやしの暑気《しょき》中《あた》りしてゐたりけり　中村吉右衛門　（夏・一一九頁）

お囃子方の奏者が暑気あたりで苦しんでいるというのでしょうか。《おはやしの暑気中りとや雨の音》などとしても、下五がすこし邪魔かもしれません。

向日葵の首打つ雨となりにけり　ふけとしこ　（夏・八八頁）

これを《休日の雨向日葵の首を打つ》などとすると、別のニュアンスのある、別の句になってしまいます。

わがうしろ冬晴続きゐたりけり　岸本尚毅

この拙句、気分としては《わがうしろ冬晴の空どこまでも》というようなものだったのでしょうけれど、積極的に「けり」を強く響かせようとして、このような句形になりました。

切字の「や」「かな」は名詞に添えることが多い。それと比べて、用言と接続する「けり」は使用頻度が少なくなりがちです。しかし「けり」もまた魅力的な切字なので、わざわざ「けり」を使うために音数をやりくりする、という気持ちにもなります。

春の日の歯朶《しだ》の大きくなりにけり　岸本尚毅

《歯朶の葉の大きくなりし春の雲》などという句形もあり得ますが、春という季節を時間の経過として捉えたときの一句の余韻をより強く響かせようという意図がありました。そこで「なりにけり」という形にもっていったのです。

第5講

長い季語の収納方法

5音・7音を超える季語をすっきり五七五におさめるコツ、あえて長い季語を使う効用など、扱いにくそうに見える長い季語を自然な形で俳句に取り込むのに必要な考え方や手順を解説します。

長い季語を腑分けして句またがりで

Q●長い季語がすっきりと五七五におさまっている句があります。例えば、《カンバスの余白八月十五日　神野紗希》。「八月十五日」（終戦記念日）は9音。季語としては長い部類ですが、無理のない感じです。

5音や7音よりも長い季語を五七五に嵌《は》め込もうとすると、いわゆる「句またがり」にならざるを得ません。そのさい、季語を何音と何音に分けるかが句作のポイントです。言い換えれば、何音と何音が組み合わさってその季語になっているのかを見る。

さきほどの句では、「八月十五日」は、4音と5音に腑分けできます（はちがつ＋じゅうごにち）。そこで、5音を下五に据えたのです。

つまり、5音が取り出せる季語は、その部分を上五または下五にあてはめて、残りを中七の一部におさめる。そんな作り方が見えてきます。

十二月八日味噌汁熱うせよ　桜井博道　（冬・一二六頁）

クリスマスカード消印までも読む　後藤夜半　（同）

それぞれ、8音の季語です。そのうち5音の部分、「十二月」「クリスマス」を上五におさめた作例。

鉄槌の火入れ蛙《かわず》の目《め》借時《かりどき》　飯田龍太（春・一七九頁）

これは、季語「蛙の目借時」（9音）のうち5音の部分、「目借時」を下五におさめた作例です。

Q●季語以外にも応用ができますね。

《秋風の日本に平家物語　京極杞陽》《夕立の一粒源氏物語　佐藤文香》などが、そうです。

部品にばらしてから組み立てる

「紅葉《もみじ》且《か》つ散《ち》る」（秋）は3音2音2音で構成される季語です。このうち前半の3音2音、「紅葉且つ」を上五におさめる形がよく見られます。

紅葉且つ散る急流を巌ばさみ　上田五千石

三つに分けられる季語は、ほかにもあります。

「蛇穴に入る」は2音3音2音です。2音3音／2音で《蛇穴に／入る》なら上五に、2音／3音2音で《蛇／穴に入る》なら下五に5音のかたまりが作れます。

蛇穴に入る日溜りの献血車　仁平勝　（秋・一六四頁）
山中に解脱して蛇穴に入る　村越化石　（同）

一句目は、《日溜りに献血車蛇穴に入る》《日溜りに献血車あり蛇穴に》とも書けますが、もとの形ですと、その「日溜り」は「蛇穴に入る日溜り」でもあり、「日溜りの献血車」でもある。蛇と献血車が一つの世界を構成するような仕上がりにするため、「蛇」と「献血車」の間に「日溜り」が来るような語順を選んだのだと思います。

二句目は、《蛇穴に入る山中に解脱して》と書いてもよいのですが、その場合、「蛇が穴に入る。そんな秋の山のなかで自分（作中主体）は解脱しているよ」と読まれかねません。倒置法と解釈して、蛇は穴に入ったよ、その蛇は山中で解脱をして、それから穴に入ったのだよ、と解することもできなくはありませんが、そう読もうとすると、若干読みにくい。

もとの形ですと、蛇自身が山中で解脱して穴に入る、という読みが素直です。

山中で解脱するのが人間のようでもあり、蛇のようでもある。蛇は脱皮をする生き物です。脱皮は解脱に通じる。このような句意やイメージの多層性を狙うとすれば、《山中に解脱して蛇穴に入る》というもとの形のほうがおもしろい。

Q●何を伝えるかで語順も変わってくるわけですね。

「けり」「かな」の２音で調整

古代中国で考案された季節の区分、「七十二候」は長い季語が多い。例えば、「鷹化して鳩となる」（新暦三月十六日から二十日頃）は10音。２音３音３音２音、あるいは５音５音の季語。こんな作例があります。

鷹化して鳩となりけり祖母にひげ　津川絵里子（春・一八一頁）

前半と後半をひっくり返した《祖母にひげあり鷹化して鳩となる》も考えられますが、祖母の口髭の可笑しみやペーソスを伝えようとするならば、その伏線となるであろう「鷹化して鳩となる」を、祖母の髭よりも前に置きたい。

《鷹化して鳩となる祖母はひげ持てる》《鷹化して鳩となるひげを持てる祖母》とすると、中七が八音になってしまいます。それよりも、中七で２音調整して《鷹化して鳩となる○○祖母にひげ》とすると、下五の「祖母にひげ」が目立ち、可笑しみやペーソスが出ます。

中七の２音の調整のしかたは、《鷹化して鳩となる日や祖母にひげ》《鷹化して鳩となるとや祖母にひげ》《鷹化してなりたる鳩や祖母にひげ》などいくつか考えられますが、作者は、そうはしなかった。「鳩となりけり」と格調の高い物言いを選んだ。その大仰さがかえって可笑しみを誘います。

Q●動詞や形容詞の季語に何音か付け足す方法をおぼえると、作句に広がりが出そうです。

5音が取り出せない場合も、同様の方法が有効です。

例えば、「卯《う》の花腐《はなくた》し」（夏）は4音3音で、そのままでは上五や下五に嵌《は》まりません。そのような場合、「かな」をつけて下五に置く作例をよく見かけます。

旅の髪洗ふ卯の花腐しかな　小林康治

「卯の花腐し」がちょうど7音なので中七に入れようとすると、「髪洗ふ卯の花腐し旅にあり」「旅にある卯の花腐し髪洗ふ」とでもするのでしょうけれど、もとの句の「卯の花腐しかな」の「かな」止めのほうが美しい。

あえて長い季語を使う

同じ意味の季語でも音数が大きくちがうものがあります。例えば、2音の「蝌蚪《かと》」（春）と、6音の「おたまじやくし」。

俳句は「文字を惜しむ」文芸、つまり、なるべく文字数を少なくしたい文芸ですから、作例は明らかに「蝌蚪」が多い。にもかかわらず「おたまじやくし」を用いることにどんな意味があるのでしょうか。

まず「蝌蚪」の句を見ておきましょう。「蝌蚪」は2音なので、残りの文字数が多い。「蝌蚪の大國」「蝌蚪一つ」といってみたり、「蝌蚪の○○」（「蝌蚪の池」「蝌蚪の群」）といってみたり、言葉の使い方に余裕があります。

そのうえで「蝌蚪」を「おたまじやくし」に置き換えるとどんな句になるか、もとの句の横に示しました。

川底に蝌蚪の大國ありにけり　村上鬼城

（川底はおたまじやくしの大國よ）

蝌蚪の池わたれば佛居給《ほとけゐたま》へり　水原秋桜子

（佛見におたまじやくしの池わたり）

蝌蚪一つ鼻杭にあて休みをり　星野立子

（杭に鼻あてたるおたまじやくしかな）

我影のうつれば見ゆる蝌蚪の群　星野吉人

（我影のうつればおたまじやくし見ゆ）

流れ來て次の屯《たむろ》へ蝌蚪一つ　高野素十

（また次の屯へおたまじやくしかな）

面ふつて大きな蝌蚪の泳ぐかな　安田蚊杖

（面ふつておたまじやくしの泳ぐかな）

「おたまじやくし」に置き換えた句は、当然、表現のきめの細かさは失われ、大味な叙し方の句になります。

Q●間延びした感じですね。それに、読者が欲する情報、例えば、四句目の「群」や六句目の「大きな」などが盛り込めない。

次に「おたまじやくし」の作例を見ましょう。同じく、「おたまじやくし」を「蝌蚪」に置き換えるとどんな句になるか、もとの句の横に示しました。

手洗ふやお玉杓子を掬ひ見て　池内たけし

（蝌蚪掬ひ見たるその手を洗ひけり）

友を食むおたまじやくしの腮《あぎと》かな　島村元

（友を食む蝌蚪の腮を見たりけり）

立ち添ふやおたまじやくしを見る人に　池内たけし

（蝌蚪を見る人に立ち添ひゐたりけり）

風吹けばお玉杓子もあわたゞし　同

（風吹けば蝌蚪泳ぐさまあわたゞし）

紙屑にお玉杓子のぶらさがり　中田秋平

（浮いている紙屑に蝌蚪ぶらさがり）

もとの句意をなるべく変えないように「蝌蚪」に置き換えました。置き換えた句は、ゆったりとした「けり」止めなど、大らかな感じの述べ方になっています。

「おたまじやくし」を「蝌蚪」に換えても、叙法が緩やかになるだけのように見えます。しかし、これは、もとの句がよくできているせいです。音数に余裕がある場合、うっかりすると、かならずしも必要のない言葉を使って、句をムダに複雑にしてしまうおそれがあります。

長い季語でムダがなくなることも

例えば《万愚節ドアに小さき覗き穴》という句。一見もっともらしい句ではありますが、覗き穴はそもそも小さいもの。「小さき」がムダです。《エイプリルフールのドアの覗き穴》に書き換えると、「小さき」が不要だったことがわかります。

「万愚節」（5音）と「エイプリルフール」（8音）の差は3音。「蝌蚪」（2音）と「おたまじやくし」（6音）の差は4音。

季語の音数が少ないほうが句作は容易ですが、あえて音数の長い言葉を用いることで、句の「贅肉」を削ぎ落とすという考え方もあります。

さらにいえば、「蝌蚪」は、「おたまじやくし」より密度の高い感じの言葉です。いかにも俳句っぽい言葉でもあります。引き締まった表現をめざすうえで「蝌蚪」が多用されるのは当然ですが、あえて「おたまじやくし」という、すこし間延びした感じの言葉を使うのもおもしろい。さきほど引いたこの三句などもそうです。

手洗ふやお玉杓子を掬ひ見て　池内たけし（以下同）

立ち添ふやおたまじやくしを見る人に

風吹けばお玉杓子もあわたゞし

池内たけしには、次のような、句の中身がスカスカの感じの佳句があります。

仰向きに椿の下を通りけり　池内たけし（以下同）

朝顔や雨戸あけたるそのあたり

蒲の穂で水をたゝいて遊びけり

拾ひ来て置きたる柚子の匂ひけり

元日や暮れてしまひし家の中

吹きそめし東風《こち》の障子をひらきけり
蘂《しべ》長く花大いなるつゝじかな
其処に早鹿ゐる奈良に来りけり
大木の根に秋風の見ゆるかな

「蝌蚪」などと気取らずに、無心な感じで「おたまじやくし」と詠んだ句が多いのも、池内たけしという俳人の作風のあらわれかもしれません。

第6講

季語の取り合わせ

5音7音、7音5音のフレーズを思いついて、あとは季語だけ、というとき、どこにどんな季語を置けばいいのか。最大の効果をひきだす「取り合わせ」について考えます。

そこにあてはめる最適の季語

Q●12音をまず作り、そこに季語をプラスして十七音の一句にする作句手順が、よくとりあげられます。季語（季題）からスタートする作句もありますし、十七音がまとめて一度に頭に浮かぶこともあるのでしょうが、「まずは季語以外の12音」という手順は、初心者にはとっつきやすいです。

「先んずれば人を制す」のように、12音あれば、ある程度のまとまった意味になります。俳句の場合も、12音で何かを言って、そこに5音の季語が付くという形の作品が多い。

海女とても陸こそよけれ桃の花　高浜虚子　（春・一一八頁）

この句を虚子は次のように自解しています（『喜寿艶』）。

深海に潜る海女は舷《げん》にとりついてしばしば苦しい呼吸をする。海女といへば海に潜るのが仕事であるとはいへ、それは生死をかけての作業である。それが陸にあがると、唯の若い女となつて嬉々として談笑してゐる。その陸には桃の花が咲いてゐる。

この自解の文章のうち、「その陸には桃の花が咲いてゐる」が季語に対応する箇所。それ以外は季語以外の12音「海女とても陸こそよけれ」の説明です。季語以外の部分では、もっぱら「海女」がどんなものであるかについての作者の思いを述べています。

しかし「海女とても陸こそよけれ」という12音（5音7音）だけで一つのまとまった詩になっているわけではありません。そこから詩が生まれるかもしれない断片といったところでしょう。そこに「桃の花」という季語が付くことによって詩が生まれるのです。

海女と桃の花を詠み込んだ虚子の句の作り方は「取り合わせ」と呼ばれるものです。

いっぽう、こんな句もあります。

梅雨の海静かに岩をぬらしけり　前田普羅　（夏・一〇頁）

「梅雨の海」そのものを描写しています。このような作り方は「一物《いちぶつ》仕立て」と言われます。

季語そのものを掘り下げる一物仕立ては、先人が多くの句を詠んでおり、斬新な作品を得るのが難しい面があります。初心の作者は、季語の性質をしっかり理解したうえで、まずは、季語以外の12音＋季語5音（または季語5音＋季語以外の12音）の形に句をまとめることをめざすのがよいと思います。

7音5音に上五の季語

さきほどの《海女とても陸こそよけれ桃の花》は12音5音でした。別の形の作例をあげましょう。

銀漢やピアノは黒き帆を立てて　柴田奈美　（秋・四七頁）

「ピアノは黒き帆を立てて」は蓋を開けた状態のグランドピアノでしょう。その漆黒の蓋がもち上がっている様子を「黒き帆を立てて」と見立てたのです。「帆」という言葉を詠み込んだことで、航海が始まるように曲の演奏が始まるという期待も感じられます。詩になりそうな12音の上に「銀漢や」を配したことで、キラキラとした感じの作品に仕上がりました。

上五の5音に入れる季語を「天の川」にして、《天の川ピアノは黒き帆を立てて》という形も悪くない。ただし、川に浮かべた舟の帆という意味のつながりができてしまうと、句があざとくも見えかねない。「天の川」と意味は同じですが「銀漢や」の「や」の切れがあったほうが、あざとく読まれる可能性が低いと思います。「アマノガワ」より「ギンカン」のほうが、音の響きがキラキラしていますし。

切字を使わない取り合わせ

っています。

《海女とても陸こそよけれ桃の花》も《銀漢やピアノは黒き帆を立てて》も、季語とそれ以外の部分とが文章のうえではつながっていません。いっぽう、次の句は季語とそれ以外とが一文になっています。

桃食うて煙草を喫うて一人旅　星野立子　（秋・一三三頁）

これが「や」で切る形、つまり《桃食ふや煙草も喫うて一人旅》であれば、季語と季語以外が「や」で切れています。

この句は、一人旅をする人物（作者自身）の描写です。「桃食うて」と「煙草を喫うて」は一体のようでもありますし、「煙草を喫うて一人旅」の季語として上五に「桃食うて」を取り合わせたのかもしれません。さすがに桃を食いながら煙草を吸うことはないでしょう。果物に桃を食った後、煙草を吸っているのかもしれません。

《梨食うて煙草を喫うて一人旅》《水澄んで煙草を喫うて一人旅》も成り立つわけですから、「取り合わせ」の季語として「桃」を選んだという説明も可能です。

ようするに、「煙草を喫うて一人旅」という12音ができたとして、「秋風や」のような季語の付け方だけでなく、「桃食うて」のように文をつなぐ形で季語を添えるやり方もあるということです。

虫の夜の孤島めきたる机かな　井出野浩貴　（秋・七〇頁）

「孤島」のような机がある。虫の声が聞こえる秋の夜だから、なおさら孤島めいたものと感じられるのです。

季語は「虫の夜の」という形で季語以外の部分と文脈がつながっています。《虫の夜や、孤島めきたる机あり》とすれば、「虫の夜」と「机」とは文脈が切れます。「や」で切るなら《虫鳴くや孤島めきたる机あり》《こほろぎや孤島めきたる机あり》といった案もあります。

季語とそれ以外の部分が一文かそうではないか、つまり、つながっているか切れているか。そこは本質的な問題ではありません。重要なのは、句の形の作り方にいろいろな選択肢があるということ。そのなかから好ましい形を選べばよいのです。

水澄みて四方《よも》に関ある甲斐の国　飯田龍太　季語＝水澄む・秋

「四方に関ある甲斐の国」は季節性のない事象です。そこに「水澄む」という季語を付けたことで詩が生まれました。

水が澄むことと四方に関所があることとの「つかず離れず」の関係を詠んだ句です。《水澄むや四方に関ある甲斐の国》では「や」の切れが強すぎる。むしろ「水澄みて」と、なめらかに中七につなぐ句形を龍太は採用したのです。

Q●上五に4音の季語をもってくるとき、そこに「や」を置くか、助詞でつなぐかの選択に、基準のようなものはありますか？

微妙なところですが、虚子に好例があります。

大寒や見舞に行けば死んでをり　高浜虚子　（冬・四〇頁）
大寒の埃の如く人死ぬる　同

《大寒の見舞に行けば死んでをり》《大寒や埃の如く人死ぬる》でも句は成り立ちます。何らかの考えがあって「大寒や」と「大寒の」を使い分けているのでしょう。意味のうえでは本質的なちがいはなく、純粋に形の上のことではないか、と思います。

《大寒や見舞に行けば死んでをり》は、上五がはっきりと「や」で切れる。下五の句末は「をり」で軽く止める。至極まっとうな句形です。

いっぽう、《大寒の埃の如く人死ぬる》は「大寒の埃」のように人が死ぬのではなく、「埃の如く人死ぬる」という事柄が「大寒」のことであった、というのです。

虚子の句の「大寒の」の「の」と同じような上五の「の」の使い方をした作例はよく見かけます。

卒業の椅子いつせいに軋みけり　齋藤朝比古　（春・五五頁）

この句も「卒業の椅子」が軋んだのではなく、〈椅子いつせいに軋みけり〉が卒業式のことであった。例えば、《卒業や椅子は同時に軋みけり》でもよいのです。

Q●意味のうえでは切れる箇所に「の」をあしらう。「の」が軽い切れの働きをしているのですね。

同様の例はたくさんあります。

晩春の肉は舌よりはじまるか　三橋敏雄　（春・三九頁）

「晩春の肉」ではありません。《晩春や肉は舌よりはじまるか》とほぼ同じ句意です。しかし、「晩春や」だと切れがはっきりしすぎる。「晩春」と「肉」とをつかず離れずにしたい。「晩春の」の「の」はそういう心持ちです。

虚子の《大寒の埃の如く人死ぬる》の場合も、「大寒や」だと切れが強すぎます。「大寒の」の

「の」は、「大寒」と「埃」とがなんとなくつながっているという体《てい》なのです。

小町忌の歌膝ゆゆし九十九髪《つくもがみ》　高橋睦郎　季語＝小町忌・春

この場合も「小町忌の歌膝」ではなく、「歌膝ゆゆし九十九髪」が「小町忌」を体現した事象である、例えば小町忌にちなんだ歌会の様子、と読みたい。「九十九髪」の老女の「歌膝」（短冊を持って歌を案ずるさいの、片ひざを立てた坐り方）が「ゆゆし」（恐れ多いような、気味悪いような、曰く言い難い感じ）だというのです。

「ゆゆし」で強く切れますから「小町忌や」は不可。「小町忌の」の後に軽い切れがあるものの、「小町忌」と「歌膝」はなんとなくつながっている。そのうえで、「小町忌」の気分が「九十九髪」まで及んでいる。隣接する名詞（歌膝）同士のつながりを維持しつつ、離れた名詞（九十九髪）にもつながってゆく。「小町忌の」の「の」はそういう微妙な働きをする「の」です。

月光の象番にならぬかといふ　飯島晴子（秋・四五頁）
秋雨の瓦斯《ガス》が飛びつく燐寸かな　中村汀女（秋・四八頁）

「月光の象番」ではなく、「月光の」「象番にならぬかといふ」なのです。しかし「月光や」では切れが強すぎる。二句目も、けっして「秋雨の瓦斯」ではありません。「秋雨の」「瓦斯が飛びつく燐寸かな」なのです。

朝顔の紺の彼方の月日かな　石田波郷　（秋・七八頁）
望の夜の人にてのひら魚に鰭　津川絵理子　（秋・四六頁）

一句目は「朝顔の紺」とも読めますが、《朝顔や紺の彼方に月日あり》という句形を想定すれば、朝顔のイメージが句末の「彼方かな」まで及ぶはずです。この句には「の」が三つあります。そのうち最も重い「の」が、「朝顔の」の「の」です。
二句目の「望の夜の」は「望の夜や」にほぼ等しい。「や」だと切れが強すぎるがゆえの「の」だと考えればよいでしょう。

冬眠の蝮《まむし》のほかは寝息なし　金子兜太　（冬・六一頁）

とりあえず「冬眠の蝮」と読むのでしょうけれど、「冬眠の」「蝮のほかは寝息なし」と切って読んでもよい。すなわち、冬眠中の生きものといえば、蝮のほかに寝息を立てているものはいない（寝息を立てているのは蝮ばかりだ）いうのです。

Q●そう読むと、「冬眠」のイメージが「蝮」に集約されて終わらず、夜全体に広がるかのようです。

このような上五の「の」を理解し、使えるためには、ある程度、俳句に目が慣れる必要があります。

以下に、隣の名詞につながるだけのシンプルな「〇〇の」の作例もあげておきましょう。

秋色の東京父として歩く　中山宙虫（秋・四四頁）

颱風の残りの風や歯を磨く　高浜虚子　季語＝颱風・秋

一月の川一月の谷の中　飯田龍太

それぞれ、「秋色の東京」「颱風の残りの風」「一月の川」がひとかたまりです。

2音や3音の短い季語を上五に

短い季語にも魅力的な季語がたくさんあります。例えば2音の「梅」（春）の場合、3音を加えて上五や下五に詠み込むことになります。

梅さくや手垢に光るなで仏　一茶　季語＝梅・春

梅は花ですから「〇〇さくや」は素直な形です。もちろん、文字を惜しむ観点からは「さく」の2音が「もったいない」と思われるかもしれませんが、無造作に「〇〇さくや」（あるいは、果物の季語の場合の「〇〇くふや」）と詠んだ上五はのびのびとして、あんがい、いいものです。例えば、次の句のように。

桃咲くや足投げ出して針仕事　高浜虚子　季語＝桃咲く・春

柿くへば鐘が鳴るなり法隆寺　正岡子規　季語＝柿・秋

「柿くへば」は無造作かつ伸びやかです。

けれども、なかには「柿」を食うだけでは物足りないと思う人もいるかもしれません。それなら、

柿甘し晩年か最晩年か　伊丹三樹彦

のように、形容詞の「甘し」を添えて作者の心情を滲《にじ》ませる手もあります。

下五に5音の季語

Q●12音をまず作るとき、5音7音がまずできることもあります。

その場合、季語以外の12音のうしろに5音の季語を置く。この形も、据わりのよい、作りやす

い句形です。

菜箸を焦がしてゐたり涅槃西風《ねはんにし》　秦夕美　（春・八四頁）
晴れわたる東京にゐて柏餅　大木あまり　（夏・一〇九頁）
秒針のきざみて倦まず文化の日　久保田万太郎　（秋・一〇六頁）
丸善にノートを買つて鰯雲　依光陽子　（秋・九一頁）

以上は、5音の名詞（名詞句）である季語を下五に置いた例。名詞ではなく、動詞や形容詞の形で季語を置いた作例もあります。

能面の裏のまつくら寒波来る　井上弘美　（冬＋新年・四一頁）
灯台に大ぜい上り蘖《ひこば》ゆる　波多野爽波　（春・七〇頁）
颪は歌雲は友なる墓洗ふ　岸本尚毅　（秋・一〇八頁）
毛を刈つて犬が小さく秋暑く　同　（秋・八八頁）
欲しき本無けれど書肆《しょし》に秋惜しむ　津川絵理子　（秋・九〇頁）

下五の季語を上五にもっていくように書き換えることも可能です。一句目は《寒波来る裏まつくらな能面に》、二句目は《蘖《ひこばえ》や灯台に大ぜいの人》、三句目は《墓洗ひをり颪は歌雲は友》、四句目は《秋暑し毛を刈りし犬小さくて》、五句目は《秋惜しむ本屋に欲しき本の無く》といったぐあい。
どの語順が最適かを見比べるのも句作の楽しみでしょう。

下五を3音の季語＋切字「かな」

Q●下五に季語がくる場合、切字「かな」で終わる句もよく見ます。以前、数えてみたことがあるのですが、高浜虚子の一九五一年から五九年までの七五〇句のうち「かな」を使った句が五五句あって、「や」を使った三七句より多い。

3音の名詞（季語）に「かな」を添えて下五に置く形も一般的です。

金色の佛《ほとけ》ぞおはす蕨《わらび》かな　水原秋桜子（春・三二頁）
避雷針高々とある海鼠《なまこ》かな　岸本尚毅（冬＋新年・三四頁）

この形にもっていくためには、中七が連体形（「おはす」「ある」）で終わって下五の名詞にかかってゆくような語順にする必要があります。
語順をまちがえて《高々とある避雷針》などとすると、中七が「避雷針」で切れてしまいますから、その後に「海鼠かな」という形は使えません。もちろん、「かな」を使わず、《高々とある避雷針海鼠食ふ》とすることも可能です。

魚焼けば皮に火の乗る暮春かな　岡田一美　（春・一七頁）

この句は《魚焼けば皮に火の乗る暮の春》も可能ですが、それでは「魚焼けば皮に火の乗る」の下五に「暮の春」を置いただけという感じです。それも悪くないのですが、下五に「かな」があると、上五中七が「かな」に引っ張られてゆくような感じ、一句全体が「暮春」という言葉に向かって収斂してゆく感じがします。「かな」という力強い切字を使うかどうかは、その句に求める気分次第でしょう。

日の匂ひ児の髪にある小春かな　村中千穂子

「かな」を使わず《日の匂ひ児の髪にある小六月》とも書けますが、この句の気分には「小春」という「春」を含む字面が合うと思います。

東京に天皇のゐる残暑かな　雪我狂流　（秋・一八頁）
争ひに我口《わがくち》吃《ども》る寒さかな　高浜虚子
顔よせて人話し居る夜霧かな　同　季語＝夜霧・秋

これらは、季節感を伴わない上五中七を、下五の「季語＋かな」で季語の世界に取り込んでゆく文体です。この形で成功すると、姿の美しい句ができあがります。

中七の末尾を「や」で切る

5音6音＋「や」というパターンもあります。12音に1音足りなくても、あきらめることはない。季語以外の部分を12音にするさいの音数の調整に切字の「や」を使うと、句姿も美しくなります。

砂白く流れし跡や春の雨　岸本尚毅

切字「や」を使わずに《砂白く流れたる跡春の雨》とするよりも、「流れし跡や」のほうが美しいですね。

夢に舞ふ能美しや冬籠　松本たかし

「夢に舞ふ能美しく」や「夢に舞ふ能は美し」よりも「夢に舞ふ能美しや」のほうが、作者の気持ちがしっかり伝わります。

なつかしの濁世《じよくせ》の雨や涅槃像　阿波野青畝　季語＝涅槃像・春

山内にひとつ淫祠《いんし》や小六月　川端茅舎　季語＝小六月・冬
削るほど紅さす板や十二月　能村登四郎

それぞれ、《なつかしの雨ふる濁世涅槃像》《山内にひとつの淫祠小六月》《削るほど板に紅さす十二月》などと書けるわけですが、中七が「や」で切れるほうが句の調子はいい。中七の「や」はたんなる文字数調整にとどまらず、ふくらみのある調子をもたらすことが多いのです。

Q●取り合わせの句は、どこで切れるかも重要なのですね。俳句の多様な形を教えていただきました。

5音12音あるいは12音5音という形で、上五あるいは下五に季語を含む五七五を作っていくことが、一つの基本形であることを述べました。もちろん、そればかりでなく、中七に季語を入れることもよくあります。

詩として成り立つ季語と12音の関係

まずは形を作っていくことが、句作の基本です。けれども、できあがったものが詩として魅力的であるためには、季語と季語以外の12音との関係が重要です。

春近し人形に敷く小座布団　村上鞆彦　（冬＋新年・七六頁）

「春近し」は比較的手堅い季語の置き方です。飛躍に乏しいという見方もあるかもしれません。しかし「人形に敷く小座布団」という精《くわ》しく叙した12音に対し、「春近し」という大まかな季語はあんがい相性がいい。

もっときめ細かな仕上がりを狙うなら、例えば、《寒梅や人形に敷く小座布団》などという攻め方もあるでしょう。しかし「寒梅」のようなピンポイントの季語と「人形に敷く小座布団」との、あまりにも際どい取り合わせに読者がついていけるかどうか。

むしろ、この句は「まだ肌寒いので、人形にも座布団を敷いてやるのは優しい心づかいだ」という情感の句でもあります。その情感を託す季語として「春近し」を用いたのです。

白南風《しろはえ》や鳥に生まれて鳥を追ひ　杉山久子　（夏・五〇頁）

「鳥に生まれて鳥を追ひ」は真理ではありますが、すこし観念的。観念臭を消す方向に働きながら、しかもこの句の柄の大きさを生かすような季語を置きたい。「白南風」は、鳥が鳥を追う大空のイメージがありますし、空間的に大きな季語でありながら生動感もある。適切な季語と思われます。

桃咲くやこの世のものとして電車　山口優夢　（春・六九頁）

「電車」がこの世のものならば、いっぽうの「桃咲く」はこの世ならぬ桃源郷でしょうか。実景としては、桃の花の咲く甲州の盆地を中央線の電車が通る情景を私は勝手に想像しました。「桃咲くや」は、読者が気持ちよく鑑賞の筋書きを考えられるような季語の置き方だと思います。

われ思はざるときも我あり籠枕　三橋敏雄　（夏・一一二頁）

何も考えていないときも自分は存在する。デカルトの「我思うゆえに我あり」のパロディです。この虚をつかれるような12音を俳句の世界に引っ張り込むのが「籠枕」です。「われ思はざるとき」の一例が睡眠です。その睡眠のとき用いるのが籠枕である。思考の器である脳が格納されている頭部。その頭部を載せるものが籠枕である。何も考えていない、頭がからっぽのときも自分（の肉体）は存在する。その状態はあたかも、空洞で外枠だけでできている籠枕のようです。といったぐあいに「われ思はざるときも我あり」と「籠枕」はいくつもの経路でつながっています。じつに周到な季語の置き方です。

家中の硝子戸の鳴る椿かな　長谷川櫂　（春・二七頁）

家中の硝子戸が鳴る、そんな風の日。そんな家。硝子戸の音が聞こえる空間と時間。この魅力的な上五中七を生かす下五はハードルが高い。それをこの句は「椿かな」でクリアしました。《家中の硝子戸の鳴る春の風》ではどうしようもない。《家中の硝子戸の鳴る日永かな》もしっくりこない。「家中の硝子戸の鳴る」ことと「日永」とは気分がちがう。《家中の硝子戸の鳴る余寒かな》は、まとまった雰囲気はあるけれど、それ以上の広がりはない。

「椿かな」であれば、風に吹かれる椿の花や、硬い質感の椿の枝葉や、硝子戸から見える家の庭の情景が想像されます。椿の花の色が彩りを添えます。「家中の硝子戸の鳴る」である程度見えてきた世界が「椿かな」で一気に開花します。

「椿かな」の良さを、事後的にいろいろと解説することはできるのですが、「椿かな」がどのように作者の頭のなかに浮かんだかは、作者の「秘密の工房」の裡にあるとしか言いようがないのです。

Q●どんな季語を配するか。近すぎても（つきすぎ）遠すぎてもいけない。「季語の斡旋《あっせん》」とも呼ばれるこの部分は、作句するとき、難易度が高く、しかし、難しいからこそおもしろい作業だと思います。そのポイントがすこしずつわかってきたような気がします。

他人様の句に感心するばかりでなく、ここでは、拙句における季語の配合について説明を試みます。

秋風や蠅の如くにオートバイ　岸本尚毅

ブンブンと走り回るオートバイを煩《うるさ》いと思う気持ちを「蠅の如く」に託しました。「蠅の如くにオートバイ」で言いたいことは尽きている。上五には、無色透明でありながら、情景が広がるような季語、そしてオートバイに対する突き放した見方とフィットするような季語がほしい。というわけで「秋風」を置いてみたわけです。

啄木鳥《きつつき》や妻にも二つ膝小僧　同　季語＝啄木鳥・秋

「妻」という人物の描写は「妻にも二つ膝小僧」で充分。妻の居場所が想像できて、視覚以外の要素がある季語、句の空間が広がるような季語。そんな条件に合うのが「啄木鳥」でした。

一斉に飯食ふ僧や青嵐　同　季語＝青嵐・夏

大きな寺の大きな食堂の情景です。外から見ているので、窓は開いていなければならない。寺の境内には青々と草木がある。そんな状況の「青嵐」です。

ハンカチを干せば乾きて十三夜　同　季語＝十三夜・秋

「ハンカチを干せば乾きて」は、ハンカチだけを軽く洗って干している。朝にまとめて洗う洗濯ではなく、明日使うハンカチだけを洗面器でちょっと洗う程度。この句は「十三夜」を取り合わせたわけではなく、むしろ「十三夜」を演出するために、「ハンカチを干せば乾きて」という状況を設定したものです。

ところで、だいじなことを一つ。

ここでは、初心の作者の便宜のために、まず季語以外の12音があって、そこに季語を斡旋するという筋道で話を進めました。そのほうが句作の実態に合っていると思います。

とはいえ、句の作り方は、かならずしも季語があとからついてくるばかりではありません。まずは季語があって、その季語を生かすように残りの12音を作ってゆくという、そんな考え方（季語が主、季語以外が従）もあります。そのことは頭の隅に置いておいてください。

さきほどの《ハンカチを干せば乾きて十三夜》は、「十三夜」という重い、大きな季語をどう詠みこなすかという動機で作った作品だと言ってよいと思います。

第7講

一字一音の工夫

切字「や」の1音、さまざまな助詞の1音。季語に付けるその1音、主語に続けるその1音の作用を見極めて、最適を選ぶことができれば、俳句の仕上がりがちがってきます。

プラスする1音の「や」の働き

Q●「第6講・季語の取り合わせ」でも聞かせていただいた話題なのですが、あらためて切字「や」について教えてください。1字プラスするとき、「や」か、それとも助詞かで迷うケースはやはり多いと思うのです。

上五の「や」で切れる句で最も有名な句を例にしましょう。

古池や蛙飛こむ水のおと　芭蕉　季語＝蛙・春

この句の「や」を「に」に置き換えて、《古池に蛙飛こむ水のおと》にすると、大ちがいです。「古池に」だと、古池にいきなりポチャンという感じ。《古池や》とすると、「や」の後に間《ま》が生まれ、読者は古池の情景をしっかり頭に描くことができます。そこに、おもむろに蛙が飛び込む。俳句を落ち着いて読んでもらうには「や」の効果は絶大です。

春昼や廊下に暗き大鏡　高浜虚子　（春・三九頁）

《春昼の廊下に暗き大鏡》とも書ける句です。

「春昼の」とすると春昼の印象は薄く、「大鏡」がどっかりと据わった感じ。いっぽう、「春昼や」とすると、「春昼」と「大鏡」は相拮抗《あいきつこう》する感じです。

作者の高浜虚子は、季語（季題）が一句の中心であることにこだわった俳人です。「春昼」という季語に重きを置き、春昼の季節感や空気感を読者にしっかり思い浮かべてもらうために、「春昼や」と書いたのでしょう。もう一句、例をあげましょう。

ゆく春やおもたき琵琶の抱心《だきごころ》　蕪村　（春・四一頁）

「ゆく春」も「おもたき琵琶の抱心」も、ともに駘蕩《たいとう》とした、あるいはけだるいような気分において相通じています。

《ゆく春のおもたき琵琶の抱心》と書けば、「ゆく春」と「おもたき琵琶の抱心」は渾然一体。上五と中七以下の癒着を避けるために「ゆく春や」で切ったのかもしれません。

Q●場所を示す「古池」、時間を示す「春昼」「ゆく春」、それぞれ散文的には「に」「の」などの助詞を続けることもできるところを、切字「や」を用いて、効果をあげているのですね。

上五が一句の主語・主体である場合も同様のケースがあります。

紙雛や恋したさうな顔許《ばか》り　正岡子規　（春・五六頁）

この句は、《紙雛の恋したさうな顔許り》、あるいは《紙雛は恋したさうな顔許り》とも書ける句です。でも、子規が書いたのは「紙雛や」。

ここですこし角度を変えて考えてみましょう。「紙雛や」と切ると、切れの前後に意味上のつながりがなくなるという、俳句の原則があります。それにしたがえば、この句の「顔」は「紙雛」の顔とは限らない。紙雛を眺めている人々が恋したそうな顔の人ばかりだと読めないこともない。

けれども、それはきっと、作者の子規にとっては「誤解」です。誤解の生じる可能性をなくすためには、「紙雛の」あるいは「紙雛は」とするほうが無難だという考え方もあります。しかし、「紙雛」という季語の情趣を強く押し出すためには、読者を信用して「紙雛や」としたほうがよいのです。

Q●意味のうえでは切れていない「や」ですね。

「や」を使うかどうか迷ったときは次の句を思い出してください。

院長や朝寝十分大股に　森夢筆　季語＝朝寝・春

どういう「院」なのかわかりませんが、とにかく院長なるお偉いさんが朝遅い時間に大股で現れた。《院長の朝寝十分大股に》では事柄の説明にすぎませんが、「院長や」とするとこの句は生き生きとします。滑稽ですらあります。

この句にかぎらず、とにかく「や」で切ってみる。そうすると句の表情が一変するかもしれません。

季語以外の語に付く「や」

Q●「や」の働きは、季語ではない部分にも同じことが言えるのでしょうか？

例をあげて見てみましょう。

暗黒や関東平野に火事一つ　金子兜太　（冬・一五頁）

この場合、《暗黒の関東平野に火事一つ》でも、句は成り立ちます。「暗黒の」なら、《暗黒の関東平野火事一つ》と、中七を名詞切れにすれば、中八の字余りも解消し、句形が整います。

しかし「暗黒の」とするかぎり、どうしても「暗黒の関東平野」と続けて読んでしまいます。「暗黒」の状態にある「関東平野」。その「暗黒の関東平野」のなかに真赤な「火事一つ」が目立つ。

そういう句も悪くはないのですが、「暗黒や」と切ってみると、どうでしょうか。「暗黒」という言葉が独立します。とにかく「暗黒」がある。その「暗黒」は「関東平野に火事一つ」という中七下五にかぶさっている。「や」で切ったときは、上五が中七だけに続くのではなく、中七下五全体にかぶさってゆく、ということは一般的にいえそうです。

「暗黒や」とすると、一つの火事を含む関東平野全体が暗黒なのです。そのなかの一つの火事が、これから関東平野に広がるのか、それとも小さな火事のまま暗黒に沈むのか、そのあたりは読者の鑑賞に委ねられています。

Q● 「暗黒や」と「暗黒の」では、読者のなかに展開される風景がまったくちがってきます。

季語以外の箇所で「や」を用いた例をさらに見ていきましょう。

うつくしき春の夕《ゆうべ》や人ちらほら　正岡子規

《うつくしき春の夕に人ちらほら》、あるいは《うつくしき春の夕の人ちらほら》でも句は成り立ちます。

淡いトーンの句であり、人がちらほらといる空間を感じさせたい句でもあります。「春の夕に」「春の夕の」とすると、人の姿がちらほらと見える時間帯が「夕」である。すなわち「夕」は「人ちらほら」の時間的属性を示す修飾語となります。

ところが、「夕や」と切ると、「人ちらほら」から「夕」が切り離されます。「夕や」と切れば、そこで読者は「春の夕」の情景や気分などをじっくりと思い浮かべます。「春の夕」の景の広がりや時間のたゆたいを感じてもらうには、「夕や」と切ったほうがよいのです。

一寸ゐてもう夕方や雛の家　岸本尚毅　（春・一〇〇頁）

この拙句にも《一寸ゐてもう夕方に雛の家》という代案があります。その場合、「雛の家が夕方になる」という意味になります。「雛の家」の状態が「夕方」なのです。

ところが「夕方や」と切ると、夕方になるのは雛の家だけでなく、そこにいる自分も含め、何もかもが夕方である、つまり「夕方」が「雛の家」を包んでいるような感じがするのです。

どの部屋に行つても暇や夏休　西村麒麟　（夏・一一九頁）

《どの部屋に行つても暇な夏休》という代案と比べてみましょう。「暇な」とすると、「どの部屋に行っても暇な」は夏休の属性である。ようするに「暇な夏休」なのです。

ところが、「どの部屋に行っても暇や」と切ると、「どの部屋に行っても暇だなあ」と思っている今現在の自分の状態が「暇」なのです。句としては「暇な夏休」よりも「暇な人間」(句のなかの自分自身)のほうがおもしろいと思います。

熊ん蜂二匹や花を同じうす　堀下翔　(春・一一二頁)

この句が《熊ん蜂二匹が花を同じうす》だったら、「熊ん蜂二匹」は「花を同じうす」の主語であるにすぎません。ところが、「熊ん蜂二匹や」と切ると、まずはそこに熊ん蜂が二匹いましたよ、と蜂の存在を提示する効果があります。

この句の中心は蜂であり、生き生きと飛びめぐる二匹の蜂がときには同時に同じ花にいることもある。そのように味わってもらうためには、この句もまた「や」で切るべきなのです。

頻出助詞「の」は射程距離が長い

Q●「や」とは別に、助詞の選択について悩むことがあります。とくに主語に付く「の」「が」「は」「も」。俳句では「の」が多いと思うのですが、「が」「は」「も」もよく見ます。どう使い分ければいいのでしょうか?

句を例にとりましょう。

団栗の葎《むぐら》に落ちてくゞる音　鈴木花簑（秋・七六頁）

口語なら「団栗の」ではなく「団栗が」が自然でしょう。ここで、この句を《団栗が葎に落ちてくゞる音》に書き換えるとどうでしょうか。

「団栗の」も「団栗が」も、団栗が主語だという意味は同じです。ここではあえて微妙なちがいを考えてみましょう。

《団栗が葎に落ちてくぐる音》だと、「団栗が葎に落ちてくぐる、その音」です。「団栗が」がかかるのは「落ちてくぐる」まで。いっぽう《団栗の葎に落ちてくゞる音》は、「団栗が葎に落ちてくぐる、その団栗の音」。「団栗の」は「落ちてくぐる」だけでなく、「音」にまでかかる（ような感じがする）のです。

感覚的な言い方ですが、「団栗が」より「団栗の」のほうが、射程距離が長い。

なぜ、このような感じがするのか。現代の「が」はもっぱら主語をあらわします。いっぽう「の」は、主語をあらわす働きと、体言（名詞）と体言をつなぐ働きの両方をもっています。「団栗の」は「落ちてくゞる」のが「団栗」であることを示すばかりでなく、「団栗」と「音」をつないでいるようにも読めるのです。

研究者によると、「の」と「が」は歴史的にはもともと同じ働きでしたが、時代が下るにつれて、「が」は主語をあらわすことに特化し、「の」は体言と体言をつなぐ用法が中心になったそうです。以下、用例を示します。

A　梅が香やどなたが来ても欠茶碗　一茶　（「梅」と「香」をつなぐ「が」。「梅が香」は「梅の香」と同じ）

a　梅が香やどなたが来ても欠茶碗　同　（「どなたが」は主語）

B　雨の音瓢《ふくべ》に雨のあたる音　岸本尚毅　（「雨」と「音」をつなぐ「の」）

b　雨の音瓢に雨のあたる音　同　（「雨の」は主語）　季語＝瓢・秋

Aの「梅が香」のような「が」は、現代ではほとんど見かけません。あるとすれば「われらが母校」のような文語調です。

bの「瓢に雨のあたる音」は、《団栗の葎に落ちてくゞる音》と同じ形です。《雨の音雨の瓢にあたる音》と書くと、「雨」の反復がうるさい。《雨の音瓢にあたる雨の音》とも書けますが、「瓢にあたる雨の音」より「瓢に雨のあたる音」のほうがしっくりきます。

《団栗の葎に落ちてくゞる音》や《雨の音瓢に雨のあたる音》の「の」は、あいだに動詞をはさみながらも、あとに続く名詞、「音」につながってゆく感じがします。そこに「が」とはちがう「の」の魅力があると思います。

歯切れよく言い切る「が」

さきほどの「の」とは対照的に、これが主語だということをきっぱりと示すところに、歯切れのよい「が」の魅力があります。『音数で引く俳句歳時記』から作例をあげておきましょう。

街の雨鶯餅がもう出たか　富安風生　（春・一四〇頁）
腕時計の手が垂れてをりハンモック　波多野爽波　（夏・一一三頁）
目つむりてゐても西日がつらぬくバス　大塚凱　（夏・一二三頁）
理髪師が来る夕虹をしたたらし　柿本多映　（夏・五一頁）
寝て涼む月や未来がおそろしき　一茶　（夏・三〇頁）
月光が釘ざらざらと吐き出しぬ　八田木枯　（秋・四五頁）
蟀《こおろぎ》が髭をかつぎて鳴きにけり　一茶　（秋・七〇頁）
階段が無くて海鼠の日暮かな　橋閒石　（冬＋新年・三四頁）
見えてゐて京都が遠し絵双六　西村麒麟　（冬＋新年・一五九頁）
雪つもる銀閣があり家があり　岸本尚毅　（冬＋新年・一四頁）
火葬場に絨毯があり窓があり　山口優夢　（冬＋新年・五四頁）

初心のときは「が」の音がきつい、文語っぽくない、などの理由で「が」を避ける向きもありますが、「が」を用いたほうがよさそうなときは、躊躇なく「〇〇が」と書けばよいのです。

焦点を絞り込む「は」

「は」という助詞は、うまく使えば力を発揮する言葉です。「は」をみごとに生かした作例をあげましょう。

住吉にすみなす空は花火かな　阿波野青畝　季語＝花火・夏

「空に」「空の」「空を」「空へ」「空も」などいろいろな助詞があてはまります。そのなかで、空に大きく花火が広がる感じがするのは「空は」です。

この句の主題は「空」である。その「空」はどんなふうなのか。その「空」はいま「花火」そのものである、という感じです。

「空に」「空の」「空を」「空へ」「空も」はどれを取ってみても「空」と「花火」が別のものであって、助詞を使って「空」と「花火」の関係を説明している。ところが「空は花火かな」というと、空と花火が一体になっているような景の広がりを感じるのです。

墓石に映つてゐるは夏蜜柑　岸本尚毅（夏・一三七頁）

《墓石に映つてゐたる夏蜜柑》のほうがさりげない。しかし作者としては、「墓石に何か映っている。それは夏蜜柑だった」という心持ちを表現したかったのです。

就中《なかんずく》醜き夏の草はこれ　高浜虚子（夏・一四六頁）

山に金太郎野に金次郎予は昼寝　三橋敏雄（夏・三二一頁）

梅干して人は日陰にかくれけり　中村汀女（夏・五八頁）

大海のうしほはあれど旱《ひでり》かな　高浜虚子（夏・一二三頁）

ぼうたんの百のゆるるは湯のやうに　森澄雄（夏・八三頁）

これらの作例では、一句のなかのある一つの言葉に焦点を当てるかのように「は」が使われています。

悲しさはいつも酒気ある夜学の師　高浜虚子（秋・二五頁）

象潟《きさがた》は浮塵子《うんか》退治の煙かな　岸本尚毅（秋・三一頁）

この二句のように、上五で「は」を使うと、「悲しさ」とはどういうことか、「象潟」とはどんなところか、という一句の主題をはっきり示すことができます。

切字「や」＋助詞「は」の合わせ技

「は」は、切字の「や」と組み合わせると、とても効果的です。

降る雪や明治は遠くなりにけり　中村草田男

「切字は一句に一つ」が原則とされるなか、「や」「けり」と二つの切字を配したこの句、上五の「降る雪や」が一句全体の主題を打ち出しています。そこですかさず「明治は」と主題が転換する。この句の鮮やかな印象は、形のうえでは「や」と「は」のみごとな合わせ技からくるものです。

胸の手や暁方は夏過ぎにけり　石田波郷

鮎釣や野ばらは花の散りやすく　篠田悌二郎　季語＝野薔薇・夏

「や」の切れのあとに「は」がくると、句の姿がとても心地よい感じがします。

高嶺《たかね》星《ぼし》蚕《こ》飼《がい》の村は寝しづまり　水原秋桜子　（春・二二頁）

「や」はありませんが、この句も「高嶺星」で切れています。「高嶺星や」の「や」を消した形だと思ってもよいのですが、「や」が無くても「蚕飼の村は」の「は」があるからこそ「高嶺星」で切れていることがよくわかるのです。

立読みの少年夏は斜めに過ぎ　八田木枯　（夏・九頁）
ロダンの首泰山木は花得たり　角川源義
福寿草むかし電話は玄関に　林昭太郎　（冬＋新年・一六二頁）

これらの句は「立読みの少年」「ロダンの首」「福寿草」でいったん文脈が切れて、そこで一句の主語として「夏」「泰山木」「電話」が登場します。「夏は」「泰山木は」「電話は」のように「○○は」とすると、他でもない「○○」が句の主語であることがはっきりわかります。《立読みの少年夏が斜めに過ぎ》《ロダンの首泰山木が花得たり》《福寿草むかし電話が玄関に》と書くこともできますが、「○○が」より「○○は」のほうが、○○が主語として目立つ感じがします。

「が」も主語を示す助詞ですが、「夏が斜めに過ぎ」は「何が過ぎたのか。夏が過ぎたのだ」という心持ち。「過ぎ」の主語が「夏」だということを「夏が」が示すのです。

いっぽう「は」の場合、「夏は斜めに過ぎ」は「夏はどうしたのか。斜めに過ぎたのだ」という心持ち。「夏は」は話題が「夏」であることを示しているのです。

あれもこれもの「も」

「も」も句作によく用いられる助詞です。「○○は」も「○○も」も俳句固有の表現ではありません。助詞の使い方そのものは、散文で「○○は」「○○も」と書く場合と変わるところはありません。

美しやさくらんぼうも夜の雨も　波多野爽波　（夏・一六七頁）

「AもBも」という、よくある「も」の使い方です。日常会話なら「中華も洋食も好きだ」というのと同じですが、「さくらんぼう」と「夜の雨」を「も」でならべたことで詩が生まれました。

筆も墨も溲瓶《しびん》も内に秋の蚊帳《かや》　正岡子規　（秋・一〇〇頁）
かたつむり甲斐も信濃も雨のなか　飯田龍太　（夏・一三四頁）
学歴もはらわたもなき鯉幟　浅沼璞　（夏・一二〇頁）
栞も指も挟み夕立見てをりぬ　中山奈々　（夏・五一頁）

これらは、あれもこれもという作例。もう少々、例句をあげておきましょう。

海も故郷泳ぎ疲れてなお泳ぐ　松岡耕作　（夏・三一頁）
大学も葵祭のきのふけふ　田中裕明　（夏・一六〇頁）
江戸川や金魚もかかる仕掛網　依光陽子　（夏・三七頁）
ひたすらに飯炊く燕帰る日も　三橋鷹女　（秋・一四八頁）

一句目は、陸上の故郷の町や家とは別に、海もまたわが故郷だ、というのです。

二句目は、町のなかだけでなく、大学もまた葵祭の気分のなかにある、というのです。

三句目は、仕掛けた網に、目当ての魚だけではなく、川にまぎれ込んだ金魚もかかるのです。

四句目は、燕の帰る日も、そうでない日も、家族のために飯を炊くのです。

強調の「も」

類似のものをならべる「も」とは別に、強調のために「も」を用いることがあります。

咲き満ちてこぼるゝ花もなかりけり　高浜虚子　（春・一二頁）

桜がみごとに咲き満ちて、こぼれる花さえないほどだ、というのです。類例をあげる「も」とも強調の「も」とも、どちらとも取れる場合もあります。

太陽もゆつくり老いる冬たんぽぽ　木本隆行　（冬＋新年・一一八頁）

人間も太陽も老いるという意味でしょうけれど、あの太陽ですらすこしずつ老いてゆくのだと思えば、老いの普遍性を強調しているようでもあります。

さまざまな助詞の技術

Q●主語に付く「の」「が」「は」について興味深いお話が聞けました。ほかにも助詞はたくさんあります。ケースもいろいろありそうです。

おもしろい助詞の使い方、そして、選択肢の多いなか、その助詞がどのように選ばれたか。そのあたりを見ていきましょう。

日と月と音なく廻る走馬燈　岩淵喜代子　季語＝走馬燈・夏

この句の代案は《日と月の音なく廻る走馬燈》《日も月も音なく廻る走馬燈》といったところでしょう。「AとBの」というか「AもBも」というか、はたまたこの句のように「AとBと」というか。あんがい迷うところです。

「AとBの廻る」といえば「AとB」という一対のものが廻っている。「AもBも廻る」といえば、あれもこれもという感じでAもBも廻っている。廻っているものはAとBだけではないかもしれない。「AとBと廻る」といえば、廻っているのはAとBだけ。それぞれが別個のものとして廻っている。

走馬燈の映し出す光の絵のなかで、日が廻り、月が廻る。その感じは「日と月の」でも「日も月も」でもなく、「日と月と」だったのです。

故郷《ふるさと》はいとこの多し桃の花　正岡子規　（春・一一八頁）

《故郷に、いとこの多し桃の花》だと、ニュアンスが変わります。

「故郷はいとこの多し」は「故郷はどんなところかといえば、いとこが多くいるところだ」という意味。「故郷にいとこの多し」は「いとこがどこに多いかといえば、故郷に多い」という意味。

「故郷」と「桃の花」との配合にするか、それとも、いとこが多いことと「桃の花」との配合にするか。句の意図によって「故郷は」か「故郷に」かが決まります。子規は、故郷はこんなところだというつもりで「故郷は」と詠んだのです。

空壜に空気のひかり猫柳　小川軽舟　（春・一二二頁）

この句には《空壜の、空気に、ひかり猫柳》という代案が考えられます。

「空壜の空気にひかり」は、「空壜の空気」に注目したら、そこに「ひかり」を感じたという意味。「空壜に空気のひかり」は、「空壜」に注目したら、そこに「空気のひかり」を感じたという意味。

おそらく作者は「空壜」という虚しいものに注目した。その空壜を充たすものは、たんなる「ひかり」ではなく「空気のひかり」であった。そのように考えると「空壜に空気のひかり」がよくよく練られた表現であることがわかります。

目的語に付く助詞を省略

Q●ここまで助詞の働きについてお話しいただきましたが、助詞を省略した句も多く見られます。省略すれば、1音の節約です。

そんな音数調整もありますね。まず、目的語を示す助詞「を」を省略できるケースを考えましょう。例えば、「桜切る馬鹿、梅切らぬ馬鹿」は「桜を」「梅を」の「を」が略された形です。

栞紐垂らして眠る蝶の昼　鈴木鷹夫　(春・一一二頁)

読書の途中でうたた寝してしまったのでしょう。散文なら、「栞紐を垂らして眠る」。この句は目的語の末尾に付く助詞を省略しました。
「○○を垂らす」の「を」は省略できる助詞です。あえて上五を字余りにして「栞紐を」とする必要はないのです。

Q●助詞の省略で音数が整うだけでなく、心地よいリズム感が生まれています。

ほかにも「を」を省略できるケースがたくさんあります。

天の川星踏み鳴らしつつ渡る　生駒大祐（秋・九四頁）

「○○を渡る」の○○にあたるのが「天の川」です。この「を」も省略可能ですから、あえて《天の川を星踏み鳴らしつつ渡る》とする必要はなく、上五は「天の川」でよいのです。
切字の「や」を使えば、《銀漢や星踏み鳴らしつつ渡る》と書くこともできます。だとすれば、《天の川や星踏み鳴らしつつ渡る》の「や」を消した形だと思っても誤りではないでしょう。

主語に付く助詞を省略

主語を示す助詞も省略できます。例えば讃美歌のタイトルの「主われを愛す」（イエスキリストは私を愛してくれている）がそうです。

神田川祭の中をながれけり　久保田万太郎　（夏・三三頁）

神田川が祭の町中《まちなか》を流れている。主語をあらわす「が」や「は」は省略できます。この句の上五は「神田川」のちょうど5音でいいのです。

主語を示す助詞、目的語を示す助詞の両方を省いた例もあります。

雪解川名山けづる響きかな　前田普羅　（春・九〇頁）

雪解川が、名山を、削るのです。「けづる」の主語は「雪解川」。目的語は「名山」。「が」も「を」も省いて、この形になっています。

Q●助詞を省いて定型におさまり、きびきびとしたリズムです。

なお、主語や目的語を示す助詞を省略すると、句意が正確に伝わらない場合もあるので、注意が必要です。ダミーの句で説明します。

隅田川流れてゐたる冬の雲　（ダミー）

このままでは流れているのが川か雲かわからない。主語をはっきり示すような書き方にする必要があります。とくに、この作例のように5音の名詞（名詞句）を使ったときにはこういうケースが生じがちです。

直すとすれば、上五の字余りはさほど気になりませんから、「隅田川の」というように上五の名詞に助詞をつけて6音にするのがよいでしょう。これで何が流れているのかがはっきりします。そのうえで、中七は《ゐたる》という連体形を避け、《ゐたり》と終止形にすると、さらに句意がはっきりします。《隅田川の流れてゐたり冬の雲》であれば句意は明瞭です。《冬雲や流れてゐたる隅田川》のように、季語を音数調整して、句意をわかりやすくする手もあります。

第8講

同じ音数の季語

曼珠沙華と彼岸花。早春と春寒と如月と立春。同音数で同義、同音数で近縁の意味をもつ季語のなかから、最適の一つを選び取るには、それぞれの語感やニュアンスを見極めることが肝腎です。

季節の気分に最適の季語は？

Q●時候の季語を盛り込みたいとき、同じ音数でどの季語がふさわしいか、悩むことがあります。例えば、春になったばかりのとき。「早春」と「春寒」では、意味内容がちがいますが、そう遠くもない。入れ替えてもいちおう句が成り立ちそうです。

ある季節の気分をあらわす季語の候補がいくつかあります。どの句にどの季語がふさわしいか。句ごとに判断するしかないわけですが、似た雰囲気の季語を先人がどう使い分けたかを見ることは、句作の参考になると思います。

高浜虚子の作を使って、クイズの形式で考えてみましょう。

これからあげる句は、すべて早春の気分をあらわす季語を詠み込んだ句です。〇〇〇〇に入る候補は「如月」「立春」「春寒」「浅春」「早春」。すべて4音です。季語のあとに付くのは「や」「の」「に」など適宜。では第一問です。

〇〇〇〇光りまとひし仏かな（大谷句仏追悼）

大谷光演（一八七五～一九四三）は浄土真宗の高僧。句仏は俳号です。遷化《せんげ》（高僧の死）した句佛を、虚子は「光りまとひし仏」と詠みました。「光演」の「光」という字を詠み込んでいます。

Q●難しいです。死を悼むなら「春寒」もよさそうですが、それだと「光りまとひし」と合わない気がします。でも、どの季語を付けてもそれなりの感興があって、どれでもよさそうな気になってきます。

この句の季語を、虚子は「立春」にしました。

句仏が亡くなった二月六日に近いのは立春（おおむね二月四日頃）です。さらに「光りまとひし仏」という、極楽浄土の光に照らされたかのような姿に最もふさわしいのは「立春」でしょう。「春寒」は寒々しい。「早春」「浅春」は時満ちて往生を遂げる高僧にふさわしくない。

立春の光りまとひし仏かな　高浜虚子（大谷句佛追悼）

次の句に行きましょう。

○○○○○庭をめぐりて門を出ず

春まだ寒いので庭には出るものの門外には出ないという心持ち。「春寒」が合いそうですが、逆に、寒いから外出しないという理屈が見えてしまう。「浅春」は悪くないと思いますが、まだ外には出ないという心持ちと「浅春」の「浅」が近すぎる感じがします。「浅春」よりも、もっとさり気ない感じの「早春」を、虚子はこの句に用いました。

早春の庭をめぐりて門を出ず　高浜虚子

Q●理屈やつきすぎを避けつつ、「早春」を選んだのですね

次の句はどうでしょうか。

○○○○○砂より出でし松の幹

砂地から生えている松の木の描写です。この句に虚子は「春寒」を用いました。「寒」という皮膚感覚を伴う「春寒」を使ったことにより、松の木のある現場（砂浜でしょうか）の空気感が感じられます。

春寒や砂より出でし松の幹　高浜虚子

次の句は「かな」止めです。

〇〇〇〇〇駕に火を抱く山路かな

駕籠に乗って山道をゆく場面。寒いので、懐炉か小さな火鉢のようなものを駕籠にもち込んだのです。

Q●暖をとっているので、「春寒」としてしまいそうです。

中七下五で寒さはじゅうぶんに表現されていますから、「春寒」はあり得ません。寒さの印象が強い句ですから、「早春」「浅春」「立春」など「春」という字の入った季語は避けたい。「駕に火を抱く山路かな」という中七下五は比較的材料が多い。だとすれば、上五はさらっとした感じに仕上げたい。そのように考えれば、たんに「二月」というのにほぼ等しい「如月」が無難でしょう。

如月の駕に火を抱く山路かな　高浜虚子

Q●選択肢のなかから、順序立てて考えを整理し、最適の季語を選ぶわけですね。

4音ではありませんが、「春浅し」の句も見てみましょう。これまで考えてきた季語と、時期的には同じ頃の季語です。

春浅し若殿原《わかとのばら》の馬逸《はや》り　高浜虚子

「若殿原」は若い侍たち。血気に逸る青二才を乗せて馬も逸っている。この句に虚子は「春浅し」をもってきました。「春浅し」「浅春」は一種の未熟さを連想させる季語です。

曼珠沙華か彼岸花か

Q●同音数で同じものをさす季語があります。例えば「蓑虫」は一般的な呼称で、俳句でもこの言い方が多いのですが、「鬼の子」の句もあります。どう使い分ければいいのでしょうか？

曼珠沙華（秋）と彼岸花も、そうです。

音数も意味も同じ言葉（季語）をどう使い分けるかはあんがい難しい。ともかく先人の作例にあたってみましょう。

以下、高浜虚子の作および虚子の選に入った句を拾いました。句の数は「彼岸花」より「曼殊沙華」のほうがはるかに多い。「曼珠沙華」が原則、「彼岸花」が例外という印象です。

彼岸花かい抱きつゝ落しつゝ　梅島玄洞
曼珠沙華抱くほどとれど母恋し　中村汀女
濯《すす》ぎ女《め》の手折りて置ける彼岸花　清水素風
曼珠沙華描かばや金泥もて繊《ほそ》く　長谷川素逝

曼珠沙華を折り取ったり、美しいものとして眺めたりした句。曼珠沙華は親しい感じであり、美しいものでもある。字面が華やかな「曼珠沙華」を用いた句が多い。

一句目の《彼岸花かい抱きつゝ落しつゝ》は《曼珠沙華かい抱きつゝ落しつゝ》でもよいような気もしますが、しいていえば、「彼岸花」のほうが鄙《ひな》びた感じです。

四句目の《曼珠沙華描かばや金泥もて繊く》は「彼岸花」では字面が地味にすぎます。

海や川の情景のなかに曼珠沙華、あるいは彼岸花を詠み込んだ句も多く見られました。

ほつ〳〵と出水《でみず》のあとの彼岸花　豐島十四坊
静けさや海にうつれる彼岸花　星野一考
どこまでも同じ川幅曼珠沙華　森田峰女

山川のたぎちて白し曼珠しやげ　古木静陵
鮮かや豪雨の後の曼珠沙華　白滝須磨
曼珠沙華映り岩魚《いわな》はゆるやかに　兼行一千子
曼珠沙華映りて瀞《とろ》の岩間かな　小池森閑
みぎはまで咲いて映れる曼珠沙華　稲田壺青

こうしてみると、花の姿の鮮やかさを感じさせる句は「曼珠沙華」を使っている。《ほつ〳〵と出水のあとの彼岸花》《静けさや海にうつれる彼岸花》を仮に《ほつ〳〵と出水のあとの曼珠沙華》《静けさや海にうつれる曼珠沙華》とすると、「曼珠沙華」が目立ちます。

逆に「彼岸花」とすると、花はさほど目立たない。「彼岸花」が情景に紛れている感じがします。情景をさりげなく描きたい句は「彼岸花」がよいかもしれません。

彼岸花草にかくれて一ならび　軽部烏頭子
砲煙のはれまに見えし彼岸花　椋砂東
枯枝を溜めある中に彼岸花　藤實艸宇
荷をおきし石のまはりの彼岸花　野村くに女
百姓の門のうちまで曼珠沙華　竹末春野人

魚籠提げし少年二人曼珠沙華　岩崎富康
山荘や松の下なる曼珠沙華　村田煤煙

情景をさらっと描いた句は「彼岸花」がそれなりに多い。五句目の《百姓の門のうちまで曼珠沙華》は《百姓の門のうちまで彼岸花》にしたい気もします。六句目の《魚籠提げし少年二人曼珠沙華》、七句目の《山荘や松の下なる曼珠沙華》をそれぞれ《魚籠提げし少年二人彼岸花》《山荘や松の下なる彼岸花》とすると、美しさより野趣が勝った句となります。

遠くよりうすく〱土手の曼珠沙華　酒井小蔦

遠景は土手に咲く曼珠沙華。その鮮やかな色が遠目にうすうすと見えている。これを《遠くよりうすく〱土手の彼岸花》に書き換えると、句の色彩はもっと地味な感じになります。

泣くことも絶ゆることあり彼岸花　高木晴子
曼珠沙華落ちてゆく日をみてひとり　長谷川ふみ子
考へても疲るゝばかり曼珠沙華　星野立子
曼珠沙華その日〱を暮らしをり　同
論理消え芸いま恐《こ》はし曼珠沙華　池内友次郎

情景ではなく、作者の思いを中心にした句の場合、「曼珠沙華」を使うことが多い。心情を託する季語としては、印象鮮やかな「曼珠沙華」のほうが使いやすいのです。
一句目の《泣くことも絶ゆることあり彼岸花》は、作者が幼い子を病気で亡くした後の作。傷心の作者にとって「曼珠沙華」という言葉は語感が強すぎたのかもしれません。

駆けり来し大烏蝶曼珠沙華　高浜虚子
曼珠沙華鴉せうことなしに鳴く　三輪一壺
曼珠沙華踏まれてあはれ人往来　藤澤麦秋

曼珠沙華の存在感や、色や姿の生々しさを生かした句。積極的に「曼珠沙華」と書きたい作例です。

蛇の尾の消えたる曼珠沙華恐し　戸梶敏郎
曼珠沙華怖しき程かたまりて　張子鴻
黒きものどこかに抱き曼珠沙華　高浜虚子
うとまれて平家塚あり曼珠沙華　大森草人木

「曼珠沙華」のどこかあやしげな印象。これらも積極的に「曼珠沙華」と書きたい作例です。

寺までの道すがらなる曼珠沙華　植田濱子
曼珠沙華去来《きょらい》の墓の花筒に　楠目橙黄子

向井去来は江戸時代前期の俳諧師。寺や墓を詠んだ句の場合、うっかり「彼岸花」にするとつきすぎになってしまいます。

「曼珠沙華」と「彼岸花」とで迷うときは、まずは「曼珠沙華」が無難です。とくに花の美しさや妖しさを印象づけたい場合、積極的に「曼珠沙華」と書きたい。いっぽう「曼珠沙華」だと語感が強すぎる場合や、花の姿を情景に紛れ込ませたい場合は、「彼岸花」と書いたほうがうまくいく場合もありそうです。

第9講

字余りも効果的に

むりやり5音におさめないほうがいいケースもあります。例えば、上五を6音や7音に、下五を6音に。字余りならではの効果を狙い、のびのびと字を余らせる。それも定型の技術の一つです。

上五の字余りを中七下五で受け止める

Q●「童貞聖マリア無原罪の御孕りの祝日」（キリスト教でマリアが身ごもった日。十二月八日）という25音の季語があることを知ったときの反応を見ていると、みなさん、まずびっくりする。そのあと、おもしろがる人もいれば、「季語として成り立つのか」といぶかる人もいます。季語だけで十七音を大きく超えてしまうので、どだい、定型におさまりません。例句を探しても、見つかるのは、この一句くらいです。

童貞聖マリヤ無原罪の御孕りの祝日と歳時記に　正木ゆう子

なるべく俳句らしく聞こえるように読みたい。まず「どうていせいまりあむげんざいの」まではムニャムニャと棒読み。「御孕り」は「おんやどり」ではなく、「おんみごもり」と俳句らしい調子で読む。すると「おんみごもりの／いわいびと」が7音5音になり、末尾の「さいじきに」と合わせて、7音5音5音の形になります。これは、

海が見えしか凧《いかのぼり》下りて来ず　鷹羽狩行　季語＝凧・春

と同じ7音5音5音です。

句のはじめのほうに長い部分があっても、うしろに俳句らしい調子があれば、それなりに俳句らしい感じがします。

書中古人に会す妻が炭ひく音すなり　高浜虚子　季語＝炭・冬
凡《およ》そ天下に去来程の小さき墓に参りけり　同　季語＝墓参《はかまいり》・秋

それぞれ上五が10音、13音ととても長い。それでも、中七下五が7音5音であれば、俳句らしい着地が決まったような感じがします。

効果的な「て」のある〈上五＝6音〉

上五が極端に長い作例と比べますと、上五が1音多い「上六」はほとんど気になりません。

糸瓜《へちま》咲《さい》て痰《たん》のつまりし仏かな　正岡子規　季語＝糸瓜・秋

この句を《糸瓜咲き痰のつまりし仏かな》と、上五を5音で書くこともできますが、「糸瓜咲て」のほうが、「て」がアクセントになって調子がよい。「て」があったほうが作者の気持ちがしっかり伝わります。

Q●「て」が軽い切れになっているようにも感じます。糸瓜が咲いたことと痰がつまることのあいだの経緯を断ち切るような。

なるほど「糸瓜咲て」とすると、上五と中七の間に間が生じます。それが一種の切れのような効果を持ちます。「糸瓜の水」は痰の薬です。その関係性を目立たせないためには、糸瓜と痰の間にすこしでも切れがあったほうがよさそうです。

根拠のある〈上五＝6音〉

むりやり5音におさめないほうがよい例もあります。

白牡丹といふといへども紅《こう》ほのか　高浜虚子　（夏・一三五頁）

「白牡丹と」の「と」があることで、上五から中七にかけて、この句固有のたゆたうような調子が生まれました。

字余りを避けるならば《白牡丹白しといへど紅ほのか》とも書けます。しかし「白牡丹と」の「と」がなくなると、この句固有の調子は失われます。

敗戦日の午前短し午後長し　三橋敏雄　（秋・一〇六頁）

6音の「敗戦日の」の「の」を消して、《敗戦日午前短し午後長し》とすると、どうでしょうか。「敗戦日／午前短し／午後長し」と句のなかに切れが二か所できてしまう。ブッツブツッと途切れた感じがする。それがいやなら、上五を「敗戦日の」として中七になめらかに続けたほうがよい。

「短し」「長し」という終止形を使わなければ「敗戦日午前短く午後長く」とも書けます。しかし「短く」「長く」では調子が弱い。「午前短し午後長し」は動かし難い。やはり、もとの「敗戦日の午前短し午後長し」が最適な句形だと思います。

入社試験大きな声を出して来し　西村麒麟　季語＝入社試験・春

上五が6音です。字余りを解消するなら、《大き声入社試験で出して来し》もあり得ますが、それよりも、この句の中心である「入社試験」は、上に置いたほうが目立ちます。

なお「大きな声」と「大声」はニュアンスがちがいます。「大きな声を出して来し」は、入社試験の面接に行って、大きな声ではきはきと話して帰って来た、と解します。ところが《大声を入社試験で出して来し》だと、面接のときうっかり大声を出してしまったという、あらぬ意味に解されるおそれがあります。

字余りで効果的な「変化」を

上五が2音多い上七（上五が7音）の作例もよく見かけます。

蠅取リボンきらめく運河べりの家　沢木欣一（夏・一七八頁）

中七以下を「きらめく／運河／べりの家」と読めば、中七が7音、下五が5音。俳句らしい調子です。《運河べりの家やきらめく蠅取リボン》《運河べりに蠅取リボンきらめく家》もあり得ますが（下五の字余りは後述）、もとの句のように上五に置いたほうが「蠅取リボン」が目立ちます。

東京タワー赤いケットにくるみたし　八田木枯（冬・二六頁）

あの東京タワーを赤いケット（毛布）にくるんでみたい、というのです。《赤いケット東京タワーくるみたし》もあり得ますが、もとの句のように上五に置いたほうが、この句の中心である「東京タワー」が目立ちます。

黄菊白菊その外の名は無くもがな　服部嵐雪　季語＝菊・秋

黄菊と白菊。それを「黄菊白菊」とひとかたまりで言ったところがこの句のこだわりです。中七下五にムダな言葉はありません。「黄菊白菊」は上五に置くしかないのです。

煙草にほへど火のつくまへや夏夕《ゆうべ》　藤田哲史

《夏夕火のつくまへの煙草にほふ》も悪くないと思いますが、「にほへど」という逆接の意味合いをはっきり言うためには、上五を「煙草にほへど」とするしかない。「火のつくまへや夏夕」というフレーズにこれ以上削れそうな言葉はありませんので。

「蠅取リボン」「東京タワー」「黄菊白菊」など、7音のかたまりは中七に置いて助詞を付けると8音の中七（いわゆる「中八」）になってしまいます。「中八」についてはあとでお話ししますが、中八にするよりも、上五を7音にしたほうが句の調子がよい場合が多いようです。

なかには、上五を8音にした句もあります。

狂句木枯しの身は竹斉に似たる哉　芭蕉　季語＝木枯・冬

あら何ともなやきのふは過てふくと汁　同　季語＝ふくと汁・冬

怒濤岩を嚙む我を神かと朧の夜　高浜虚子　季語＝朧・春

天上大風《てんじょうたいふう》地上に春の花きそふ　角川源義

読者にとって、思い切った上五の字余りも変化があっておもしろい。中七下五の調子がうまく整えば、上五の字余りが句に伸びやかな印象をもたらすこともあります。

下五＝6音の働き

Q●上五の字余りであっても、中七下五が7音5音であれば問題ない。そんなケースが多いことがわかりました。では、下五の字余りはどうでしょうか？

下五が6音（5音7音6音）の作例もよく見かけます。

我のみの菊日和とはゆめ思はじ　高浜虚子　季語＝菊日和・秋
あたたかい雨ですえんま蟋蟀《こおろぎ》です　三橋鷹女　（秋・一六六頁）
時計屋の時計春の夜どれがほんと　久保田万太郎　（春・四〇頁）
花衣ぬぐやまつはる紐いろ〳〵　杉田久女　（春・九一頁）

それぞれ「ゆめ思はじ」「蟋蟀です」「どれがほんと」「紐いろ〳〵」と、下五が6音になっています。どれも誤差の範囲といっていいくらい、気になりません。

四句目は、「花衣ぬぐやまつはる紐多く」と下五を5音におさめるよりも、「紐いろ〳〵」の6音（2音2音2音）のほうがむしろ心地よいくらいです。

下五の6音は、五七五の一つの変化形として確立しているといってもよさそうです。

雪女郎おそろし父の恋おそろし　中村草田男　季語＝雪女郎・冬
永遠に下る九月の明るい坂　今井聖
麗しき春の七曜またはじまる　山口誓子

一句目は、五七五の韻律よりも、対句ないし「おそろし」の反復を優先した詠み方です。

二句目は、「明るい坂」の6音のちょっと長めの感じが「永遠に下る」と響き合っています。

三句目は、《麗しき春の七曜はじまれり》だと、七曜がはじまった途端に終わってしまうような感じ。「またはじまる」とすれば、七曜が何度も繰り返す感じがします。

下句の字余りは6音止まり？

さすがに下五が7音以上の作例はあまり見かけません。

みちのくの鮭は醜し吾もみちのく　山口青邨　季語＝鮭・秋
紅葉の賀わたしら火鉢あつても無くても　阿波野青畝　季語＝紅葉・秋

これらの句では、作者のセリフのような言葉をそのまま下五に投げ込んでいます。おもしろい句ではありますが、型として参考になる作例ではありません。

上・下どちらも字余りの句

上五と下五がともに字余りの句も、あることにはあります。

浮浪児昼寝すなんでもいいやい知らねえやい　中村草田男　季語＝昼寝・夏

きよお！と喚いてこの汽車はゆく新緑の夜中　金子兜太　季語＝新緑・夏

それぞれ、8音8音6音、7音7音8音です。長い上五と長い下五ですが、五七五の標準形に対する変則として、標準形とのズレをおもしろがりながら味わえばよい作品です。《墓のうらに廻る　尾崎放哉》のような自由律俳句が、五七五と無関係の、その句固有のリズムをもっているのとは別物です。

このような極端な字余りとはちがって、6音7音6音は、ちょっと早口で読めば五七五と変わるところはありません。

父がつけし我が名立子や月を仰ぐ　星野立子　季語＝月・秋

虚子の次女、立子の句です。《父がつけし我が名立子や月仰ぐ》でもよいのですが、上五とのバランスを考えて下五の「月を仰ぐ」と6音にしたのは、素晴らしい作句センスだと思います。

ささくれだつ消しゴムの夜で死にゆく鳥　赤尾兜子

無季の句です。《ささくれだつ消しゴムの夜で死ぬる鳥》もあり得ますが、この句もまた上五の長さに呼応したかのような、6音の下五です。

五七五からの字余りについては、文字数のやりくりがつかない場合の苦しまぎれでなく、伸びやかな、攻めの字余りでありたいと思います。

中八（中七＝8音）は避けるべき?

Q●中七の字余りは、上五・下五の字余りに比べて少ないように思います。なかでも「中八」は、きらう人、避けるべきと明言する人が多いように思います。5音8音5音の「中八」の句については、どう考えればいいのでしょうか?

「ほたるのひかり、まどのゆき」「ふるさとは遠きにありて思ふもの」というように、気持ちのよい日本語のリズムは5音と7音の組み合わせで成り立ちます。五七五の俳句はその最たるものです。

上五または下五の字余りの場合、それぞれ、中七下五または上五中七に7音5音または5音7

音の部分が残ります。ところが、中七が8音になると、5音と7音の組み合わせが破壊されてしまうのです。

菫程な小さき人に生れたし　夏目漱石　（春・三一頁）

この句は6音7音5音。上五が6音ですが、中七下五の7音5音が心地よい。

この中七を8音にするとどうでしょうか。《菫程な小さき男に生れたし》。「すみれほどな／ちいさきおとこに／うまれたし」と声に出して読んでみるとわかるように、俳句らしいリズムが崩れてしまいます。

ちがうパターンも見てみましょう。

頭悪き日やげんげ田に牛暴れ　西東三鬼　（春・七四頁）

この句は8音5音5音。「頭悪き」で軽く切って読む。いわゆる「句またがり」、つまり上五中七下五のどこか二つにまたがって語句が置かれ、なおかつ五七五の調子が崩れていない作例です。

例えば、藤田湘子の《愛されずして沖遠く泳ぐなり》の上五中七は句またがりです。

三鬼の句の「げんげ田に」を「げんげ咲きて」と6音に変えて「あたまわるき／ひや／げんげさきて／うしあばれ」とすると、もとの句のリズム感が失われます。

逆にいえば、下五や上五が6音以上でも、それ以外の部分に7音5音あるいは5音7音のリズムが残っていれば、俳句らしい心地のよさが感じられるのです。

意図的にあえて中八に

Q●5音8音5音の「中八」が成功しにくいことはわかりました。しかしながら、名句と呼ばれる句のなかにも「中八」の句があります。例えば、《春ひとり槍投げて槍に歩み寄る　能村登四郎》。

この《春ひとり槍投げて槍に歩み寄る》を《春ひとり槍投げ槍に歩み寄る》に変えると、かえって詰屈《きっくつ》な感じがします。たしかに、多くはありませんが、中八にはそれなりの魅力がありそうです。

ここで、能村登四郎の師である水原秋桜子の作品から「中八」の作例を拾ってみましょう。

麦秋の中なるが悲し聖廃墟　季語＝麦秋・夏
残る壁裂けて蒲公英《たんぽぽ》の絮《わた》飛べる　季語＝蒲公英・春
鐘楼落ち麦秋に鐘を残しける
薔薇の坂にきくは浦上の鐘ならずや　季語＝薔薇・夏

落葉飛び蟷螂《とうろう》も高く翔けわたる　季語＝蟷螂・秋
丘の雪喜雨亭に延びて尺余なり　季語＝雪・冬
岩の上燈台を置きて南風《はえ》吹けり　季語＝南風・夏

多くの俳人がきらう「中八」を、秋桜子は平然と作っています。それぞれ、《麦秋の中や悲しき聖廃墟》《残る壁裂け蒲公英の絮飛べる》《鐘楼落ち麦秋に鐘残しける》《薔薇の坂にきく浦上の鐘ならずや》《落葉飛び蟷螂高く翔けわたる》《丘の雪喜雨亭に延び尺余なり》《岩の上燈台を置き南風吹けり》または《岩の上燈台置きて南風吹けり》とすれば、中八は避けられます。

にもかかわらず中八にしているのは、明らかに意図的です。ここにあげた句を見ると、「五七五の調子ですんなりと読み流してほしくはない」「作者の感興を受け止めながら、じっくり、ゆっくりと読んでほしい」という思いが伝わるような感じの句です。

しいてテクニカルなことをいえば、8音の区切りはどれも5音3音または3音5音です。4音4音は見られません。

あえて、これらの句のいくつかを、中八が4音4音の形に書き換えてみましょう。《麦秋の中なる悲しき聖廃墟》《落葉飛び蟷螂高きを翔けわたる》《岩の上燈台置きたり南風吹ける》。どうでしょうか。5音3音や3音5音と比べ、4音4音はしっくりきません。秋桜子のような達人を別にすれば、原則、中八を避けるべきことは言うまでもありません。しかし、どうしても中八にせざるを得ない場合、4音4音だけは避けるという考え方もありそうです。

Q●中七が9音以上の字余りの例はあるのでしょうか？

虚子にこんな句があります。

其頃の永き日この頃の短き日　高浜虚子　季語＝永き日・春

前書に「『読売新聞』八十年に句を徴されて」とあります。中七が9音ですが、読んだ感じは悪くありません。「其頃」と「この頃」、「永き日」と「短き日」が対になっている。この句には、五七五の韻律に代わる対句の心地よさが感じられます。《其頃の永き日／この頃の短き日》。対句として見れば、9音10音です。

《鶏頭の芽を踏まじ鶏頭の芽を踏まじ　岸本尚毅》は5音10音5音です。この句も、五七五とは別の、リフレインのリズム（10音10音）で読んでほしい作品です。

第10講

句をもっと響かせる

俳句にいきいきとしたリズムを与えるプラスアルファの技術。擬音語・擬態語の活用、母音・子音の工夫、表記による演出、身近にあふれる新しいカタカナ語の取り扱いについて解説します。

擬音語・擬態語でリズムを生み出す

Q●岸本さんの句集『雲は友』（二〇二二年）に、擬態語・擬音語を使った句がいくつかあります。

何句か拾ってみます。

しゅるしゅると鳴き始めたり法師蟬　岸本尚毅（以下同）　季語＝法師蟬・秋

もやもやと石に影して水草生《みくさお》ふ　季語＝水草生ふ・春

ざらざらとして初富士の光りけり　季語＝初富士・新年

てらてらと胸の木目や涅槃像　季語＝涅槃像・春

映像が目に浮かぶとともに、読んでいて心地よいです。

擬音語・擬態語もまた、韻律とあいまって俳句の音声面を豊かにする手法として使えます。

以下では、擬音語・擬態語の音数や語順をどう変えるか、また、変えることで句の印象がどう変わるかを、ダミーの例と対照しながら確かめていきましょう。

ライターの火のポポポポと滝涸るる　秋元不死男　（冬・四七頁）

この句の妙は、ポポポポが、水の涸れた滝のイメージにもつながってゆくところにあります。仮に、変化形として《ポポポポとライターの火や滝涸るる》とした場合、「ポポポポ」と「滝」との関連はなくなり、「ライターの火」だけが目立ちます。

《ライターの火のポポと滝涸れにけり》に換えると、切字「けり」のある格調高い文体になりますが、「ポポポポ」の可笑しみは薄まります。

Q●「ポポ」だと、すっきりしていますが、「ポポポポ」の、いい意味で突出した感じがなくなります。《鶏追ふやととととと昔の日　攝津幸彦》の《ととととと》が《ととと》に減るとインパクトが薄れるのと似ている気がします。

「火の」を略すと《ライターのポポポポと滝涸れにけり》。この案は捨てがたいですね。

田植女のざぶざぶ何か用かと来　谷口智行　（夏・六三頁）

語順を換えて、《ざぶざぶと田植女何か用かと来》もあり得ます。

もとの句は上五の「田植女」が、変化形では「ざぶざぶ」が目立ちます。《田植女の何か用かとざぶざぶ来》とすると下五の「ざぶざぶ」が目立ちます。

鶏頭のとろとろ燃ゆる熱の中　阿部完市　（秋・七八頁）

これも語順を変えてみましょうか。《とろとろと鶏頭燃ゆる熱の中》。もとの形では「とろとろ」は鶏頭の燃え方の形容です。変化形も意味はほぼ同じですが、上五の「とろとろと」が中七下五の「鶏頭燃ゆる熱の中」全体にかかる感じがします。

《熱の中鶏頭燃ゆるとろとろと》に換えると、読んだ後に下五の「とろとろと」の印象が強く残ります。

オノマトペをすこし換えて《鶏頭のとろりと燃ゆる熱の中》。「とろり」はすぐに燃え尽きる感じ。「とろとろ」は燃え続ける感じです。

さらに変化形として《鶏頭のとろとろと熱の中》。「とろとろ」感を徹底した形ですが、「燃ゆる」（燃焼）の印象はなくなり、熱に溶解する感じの「とろとろ」となります。

Q●いろいろと代替案を考え、変化形をならべて、最適解を探っていくのですね。

擬音語・擬態語を使った句をさらに見てみましょう。

のうのうと夜業半ばに髭当たる　野口裕　（秋・二四頁）

上五と下五を入れ替えて《髭当たる夜業半ばにのうのうと》。この形では「のうのうと」が目立ちます。「よくもまあ、のうのうと」という心持ちは強く出ますが、句としては、すこしあざとくなってしまいます。

うつうつと最高を行く揚羽蝶　永田耕衣　（夏・一三〇頁）

《最高をうつうつと行く揚羽蝶》だと、「最高を」が先に読者の目に入っています。最高を飛んでいるくせに、なぜかウツウツと飛んでいることよ、という句意はより明らかにはなりますが、そうするとやはりあざとい。もとの句のほうが、すこしだけさりげない。

ひんやりとしゆりんと朱夏の宇宙駅　攝津幸彦　（夏・一九頁）

「しゆりん」と「朱夏」のシュの音の頭韻が眼目。この句は絶妙のバランスで成り立っていますので、変化形を作る余地はなさそうです。

以下の句もその句かぎりのみごとな擬態語です。変化形を作っていじる余地はありません。

稲妻やうつかりひよんとした顔へ　一茶　（秋・四八頁）

によつぽりと秋の空なる富士の山　鬼貫（秋・九一頁）
そよりともせいで秋立つことかいの　同（秋・四一頁）

三句目は《秋の立つことそよりともせざりけり》《そよりともせずして秋の立ちにけり》と、格調高く詠むことも可能です。この変化形と見比べると、もとの句は口語的な調子のなかに「そより」がうまく溶け込んでいることがよくわかります。

母音をそろえる効果

Q●音数とは別に、母音と子音の配置は句のできばえに影響するのでしょうか？

俳句の音韻のおもしろさの一面に、母音や子音がそろったときの効果があります。

死骸《なきがら》や秋風かよふ鼻の穴　飯田蛇笏

死顔を凝視するような一種凄惨な詠み方です。いっぽうで「なきがらやあきかぜかよふはなのあな」と、a音が多い。句柄は冷徹でありながら句の響きはあっけらかんとしている。そこにこの句の異様な風趣があります。厳粛さを求めて「秋風」をシュウフウと読むことも考えられますが、ａ音の効果を考えるならば「アキカゼ」と読みたい。「なきがら」という言葉を使わずに書けば、《死や秋の風のかよへる鼻の穴》となりますが、この形では、句全体にａ音が遍満することによる響きのおもしろさは失われます。

子音をそろえる効果

子音にも同様の効果があります。

くわゐ煮てくるるといふに煮てくれず　小澤實　季語＝くわゐ・春

さほど深い意味はなさそうな句です。クワイという、ふだん食膳にのぼることのない食材のおもしろさに加えて、クの音の反復がとぼけた味を出しています。《土筆《つくし》煮てくるるといふに煮てくれず》だったら、音韻のおもしろさは失われますし、《約束の寒の土筆を煮て下さい　川端茅舎》のパロディと読まれてしまうかもしれません。

かたつむり甲斐も信濃も雨のなか　飯田龍太　（夏・一三四頁）

カの音が要所要所に配されていて、それがこの句に心地よいリズム感をもたらしています。

蝸牛の別名の「でで虫」を使い、「甲斐」と「信濃」を入れ換えて「でで虫や信濃も甲斐も雨のなか」とすると、カの音による音韻の妙は失われます。

白牡丹といふといへども紅《こう》ほのか　高浜虚子　（夏・一三五頁）

「ハクボタン」のハの音が伏線となって、「イフトイヘドモコウホノカ」と、ハ行の音を響かせるように読みたくなります。「シロボタン」ではダメ。《牡丹の白しといへど紅ほのか》でもダメなのです。

音韻の妙は、できあがった作品を鑑賞するさいの着眼点として語られる場合が多いと思います。最初から音韻を計算して作ると、技巧があざとく見えたり、叙法が不自然になったりするおそれがあります。音韻の妙は狙うのではなく、授かると考えるほうがよいかもしれません。

ただし《かたつむり甲斐も信濃も雨のなか》の上五をうっかり「でで虫や」としないくらいの注意は払いたいと思います。

オールひらがな・オール漢字

Q●表記についてお聞きしたいのですが、ひらがなだけの句があります。音とは直接関係がなさそうですが、こうした表記は効果があるでしょうか？

ひらがな表記の句で、よく知られているのは次の句でしょう。

をりとりてはらりとおもきすゝきかな　飯田蛇笏　季語＝すゝき・秋

初案は「折りとりてはらりとおもき芒《すすき》かな」。これが「折りとりてはらりとおもきすゝきかな」となり、最終的にはすべて平仮名となりました。

「芒」を「すゝき」と書くことでススキの穂の柔らかな感じが伝わります。この句の音韻の要は「をり」と「おもき」のオの頭韻と、オリ、トリ、ハラリのリの響きです。「折り」を「をり」に変えることで、「オ」と「オリ」の音がよく目立ちます。

表意文字である漢字のかわりに、表音文字を使うことで、字面の意味性が薄まり、音のおもしろさが伝わりやすくなります。

このようなことも、芸の細かい句を作るための一つの工夫だといえましょう。

Q●漢字だけで書かれた句は、どうなのでしょうか？

かなは表音文字ですから、すべての俳句はオールひらがなで表記できます。オール漢字は、そうはいかない。

牡丹百二百三百門一つ　阿波野青畝　季語＝牡丹・夏

このような漢字だらけの句も含め、漢字主体の句にするためには、送り仮名を要する動詞や形容詞は使えません。じっさい、作例を見ると名詞を羅列した作品ばかりです。

ばか、はしら、かき、はまぐりや春の雪　久保田万太郎

この本の冒頭にあげたこの句を《馬鹿、柱、牡蛎、蛤や春の雪》と書けば、漢字だらけです。そもそも仮名や漢字にこだわるのは何のためでしょうか。洒落た寿司屋の品書きを見るような楽しさを求めるのなら、仮名書きですね。逆に、無機物の硬さや冷たさを印象づけたいときは、次の句のような漢字表記が効果的です。

双眼鏡・硯《すずり》・地球儀・獺祭忌《だっさいき》　武井清子　季語＝獺祭忌・秋

ただし、同じオール漢字でも、和語（訓読み）が主体の作品と漢語（音読み）が主体の作品では印象がちがいます。

山又山山桜又山桜　阿波野青畝　季語＝桜・春

法医学・桜・暗黒・父・自瀆　寺山修司

例えば《山また山やま桜またやま桜》と書くより《山又山山桜又山桜》と書いたほうが、いかにも山がならんでいるような感じがします。象形文字としての「山」の視覚的な効果を生かした作品です。

いっぽう、《法医学・桜・暗黒・父・自瀆》は三つの漢語が二つの和語をはさんでいます。仮名を使うとすれば《法医学・さくら・暗黒・父・自瀆》でしょうけれど、「桜」を中途半端に「さくら」と書いてもしかたない。それよりも、オール漢字とすることによる表記の統一感を重視したのだろうと思います。

オールひらがなは意図的にそのように表記すればよいのですが、オール漢字は狙って作れるものでもなさそうです。名詞ばかりがならぶ作品を作ったときに、オール漢字が可能かどうか。オール漢字にふさわしい句かどうか。その点は句ごとに判断するしかないと思います。

外来語・カタカナ語の取り扱い

Q●伝統的な日本語の語彙に、近年は外来語／カタカナ語がたくさん加わりました。これから、さらに増えていくでしょう。俳句の「伝統」を重んじる人には、外来語／カタカナ語をきらう人が少なくないように思います。音数と関わる部分もあるので、お聞きしたいのですが、これらの新しい語彙については、どう考えればいいでしょうか？

句中の語彙に関しては、一般的に、二つのことが言えると思います。
第一に、語彙自体は基本的に自由であるということ。
第二は、ある語彙の適否は、句全体の仕上がりを考えて判断すべきであること。句の仕上がりとは、句柄と申しますか、その句がどんなタイプの句を狙っているか、という意味合いです。
以下、いくつか例をあげましょう。

キッチンにもんしろてふが落ちてゐる　髙柳克弘　（春・一四七頁）

台所、炊事場、厨房などいろいろな言い方があるなか、なぜキッチンか。キッチンペーパーの切れっぱしのような白い蝶が、一つの物体として「落ちてゐる」のかもしれません。

Q●炊事場や厨房では、句の雰囲気がずいぶんちがいます。それに「キッチンペーパー」への連想が生まれませんね。

外来語、新語、略語などを詠み込んでしっくりくるかどうかは、時代にもよると思われます。

コピー機のひかり滑りぬ冬の雲　中嶋憲武　（冬・七七頁）

この句など、《複写機のひかり滑りぬ冬の雲》ではかえって不自然ですね。

オーバー脱げばオーバー重し死を悼む　津田清子　（冬・五〇頁）

「オーバー」もじゅうぶんに時代がかった言葉ですが、もっと以前だったら、《外套脱げば外套重し死を悼む》としたかもしれません。

スナックに煮凝《にこごり》のあるママの過去　小沢昭一　季語＝煮凝・冬

「スナック」と「ママ」という言葉があれば、そういうお店に決まっています。「スナック」が「スナック菓子」で、「ママ」が母親だと誤解される心配はありません。むしろ「スナック」も「ママ」も言い換えができない言葉なのです。《居酒屋に煮凝のある女将かな》と書くと、まったくちがった世界になるのです。

上州や葱の匂ひのマイクロフォン　林桂　（冬・一九頁）

「マイク」をあえて「マイクロフォン」と古めかしく言った。上州はネギの産地です。皆が使うマイクにネギの匂いがしみついている。滑稽味のある作品です。《上州や葱の匂ひのマイク持つ》と詠んでもよいのでしょうけれど、「マイクロフォン」と言ったことで、マイクをマイクロフォンと呼んでいた時代のお年寄りの顔が浮かんでくるのかもしれません。

1音縮めて「ビニル」に？

カタカナ語を使った例を、さらに見てみましょうか。

ビニールハウス釣瓶落しの日をはじく　阿波野青畝　（秋・一四一頁）

「ビニールハウス」のような無粋な言葉でも、夕日のあたる情景や「ビニール」という材質をそのまま表現しようと思えば、堂々と使えばよいのです。上五の7音の字余りはさほど気になりません。

その「ビニール」をつづめて詠んだ作例もあります。

ビニル傘ビニル失せたり春の浜　榮猿丸

ちゃんと正しく「ビニール」と詠まないといけないのではないか、という意見も出そうです。

Q●音数を調整するのに、音引き「ー」を省略した例ですね。

浜辺に打ち捨てられた傘は、ビニールの部分が失せてしまっている。そんなものがなしい情景を春の気分として捉えた作です。

《ビニール傘ビニール失せし春の浜》では句が真面目すぎるのではないでしょうか。どうでもいいような事柄を詠んだときの「どうでもよさ」のあらわし方として、あえて話し言葉のように「ビニール」を「ビニル」と言うのもおもしろいと思います。

「ビニル」「ビニル」の繰り返しもこの句の味わいです。繰り返しているうちに「ビニル」がもっともらしく聞こえる、という面もあるかもしれません。

《わが傘のビニール失せし春の浜》（強風で剝がれ飛んだ？）という句だったら、あえて《わが傘のビニル失せたる春の浜》と書くことはしないでしょう。

音引き「ー」の省略は古くから見られます。

パンにバタたつぷりつけて春惜む　久保田万太郎

バターのことを「バタ」というのは「バタ臭い」という言葉からも察せられるように、古い語感と思われます。それにしても「バタ」という略語（？）を用いた「パンにバタ」で大丈夫なのでしょうか。

その点は「たつぷり」との相性だと思います。「たつぷり」はいかにも話し言葉です。「バターを取ってください」ではなくて、「ちょっとバタ取って」というような感覚になじみます。《トーストにバター豊かや春惜む》のように折目正しく詠むのなら、折目正しく「バター」と書いたことでしょう。
阿波野青畝が今の時代の人だったら、さきほどの句を《ビニルハウス釣瓶落しの日をはじく》と書くでしょうか。
「ビニル」のほうが字余りの程度が小さい。しかしこの句は、滑稽味をともないながらも「釣瓶落し」という季語を中心にした叙景句です。この句のそれなりに真面目な句柄からすると、やはりきっちりと「ビニールハウス」と書くのが適切だと思います。

省略語の可否は語感と句柄との相性

Q●カタカナ語は省略されて短くなっていく傾向があります。「コスト・パフォーマンス」が「コスパ」。「ドライヴ・レコーダー」が「ドラレコ」といったぐあいです。

俳句にも例が出てきました。

キャバ嬢と見てゐるライバル店の火事　北大路翼　（冬・一五頁）

「キャバ嬢」は「キャバクラ嬢」の略。この句の作中主体は、火事で燃えているのが「ライバル店」だという認識を「キャバ嬢」と共有しているのです。さらにいえば、作者の北大路翼は歌舞伎町に暮らす人々を句に詠んできた俳人です。そんなこともあって、この句のなかでは「キャバ嬢」という言葉がごく自然な表現なのです。

この句の現場に居合わせたのがふつうの写生派俳人であれば、《火事を見るキャバクラ嬢とおぼしきが》《火事を見るキャバクラ嬢といふ人と》とでも詠むのではないでしょうか。仮に、《キャバ嬢とおぼしき人や火事を見る》とすると、「キャバ嬢」という言葉がしっくりこないような気がします。

コンビニのおでんが好きで星きれい　神野紗希　季語＝おでん・冬

という有名な句があります。「コンビニエンス・ストア」を「コンビニ」と略さなければ、こんな楽しい句はできません。

「コンビニ」という言葉に抵抗がある人は、《買うて食ふおでんはうまし空に星》とでも詠むしかないのですが、「好き」「きれい」という言葉まで含めたこの句のきらきらした感じは、「コンビニ」という言葉の語感からくるものでしょう。

スマホという言葉もじゅうぶんに定着したと思われるので、わたくしも、

夜桜やスマホ明りに頬と口　岸本尚毅　季語＝夜桜・春

と詠んでみました。叙景的な句ですから、もしかすると「スマホ」という言葉が浮いてしまって

いるかもしれません。この句をおもしろがる人と、「スマホ」がいやだという人と、語感には個人差があるかもしれません。

いろいろなことを申しましたが、すべては、その言葉の語感とその句の句柄とが合うかどうかという点に尽きるのです。

附録

音数別季寄せ

1音

◆夏〔動物〕鵜　蚊　蛾　◆冬〔生活〕炉

2音

◆春〔時候〕春〔天文〕東風《こち》〔生活〕海女《あま》　凧〔行事〕御忌《ぎょき》〔動物〕蝌蚪《かと》　雉《きじ》　鷽《うそ》　鱒
蜷《にな》　海胆《うに》／雲丹《うに》　蝶　蜂　虻《あぶ》〔植物〕梅　花　藤　枸杞《くこ》　桑　萵苣《ちしゃ》　独活《うど》　韮　芹　海松《みる》
海苔　海髪《うご》
◆夏〔時候〕夏　初夏　夏至　炎ゆ　灼く〔天文〕南風《はえ》　まじ　だし　梅雨　喜雨　海霧《じり》　虹
雹《ひょう》〔地理〕滝〔生活〕ネル　セル　鮨　蚊帳《かや》　繭　梁《やな》　避暑　汗〔動物〕蛇　波布《はぶ》　鷭《ばん》　鳧《けり》
鮎　鮴《ごり》　鯖《さば》　鯵《あじ》　鱚《きす》　べら　羽太《はた》　鯒《こち》　鱧《はも》　蛸《たこ》／章魚《たこ》　烏賊《いか》　蝦蛄《しゃこ》　蟹　海鞘《ほや》　蟬　やご　蠅
蛆《うじ》　蚋《ぶよ》　蚤　紙魚《しみ》　蟻　螻蛄《けら》　蜘蛛　蜱《だに》　蛭《ひる》〔植物〕余花《よか》　薔薇　芥子《けし》／罌粟《けし》　百合　蕗　瓜
茄子　蓼《あで》　莧《ひゆ》　紫蘇　麦　麻　黴
◆秋〔時候〕秋　処暑〔天文〕月　霧　露〔生活〕古酒　稲架《はざ》　籾《もみ》〔行事〕盆〔動物〕鹿
鵙《もず》／百舌鳥《もず》　鶸《ひわ》　鷓鴣《しゃこ》　鴫《しぎ》　鴇《とき》／朱鷺《とき》　雁　黄顙《ぎぎ》　鰡《ぼら》／鯔《ぼら》　鯊《はぜ》　鮭　虫〔植物〕桃　梨　柿
栗　柚子《ゆず》　五倍子《ふし》　茱萸《ぐみ》　蔦《つた》　蘭　菊　芋　稲　早稲《わせ》　稗《ひえ》　黍《きび》　粟《あわ》　胡麻　萩《はぎ》　萱《かや》　荻《おぎ》　葛《くず》
郁子《むべ》
◆冬〔時候〕冬　除夜　寒　凍《い》つ　冴《さ》ゆ〔天文〕霜　雪〔生活〕綿　夜着　足袋《たび》　餅　炭

榾《ほた》　火事　橇《そり》　狩　風邪　咳　胼《ひび》　〔動物〕熊　貂《てん》　獐《のろ》　鷹　鷲　鴨　鶴　鮫　鱈《たら》　鰤《ぶり》　鯥《むつ》　𩺊《あら》
河豚　牡蠣　〔植物〕葱　蕪
◆新年　〔時候〕去年《こぞ》　〔生活〕屠蘇　節《せち》　独楽《こま》　〔植物〕歯朶《しだ》／羊歯《しだ》

3音

◆春　〔時候〕初春　二月　睦月　余寒　遅春　雨水　彼岸　春社　四月　弥生　長閑《のどか》　日永
遅日　穀雨　〔天文〕朧　ようず　斑雪《はだれ》　霞　フェーン　〔地理〕焼野　春田　雪間《ゆきま》　雪崩《なだれ》　雪解《ゆきげ》
〔生活〕目刺　干鱈《ひだら》　菜飯　野焼　田打　種井《たない》　接木《つぎき》　挿木　根分　蚕飼《こがい》　茶摘　製茶　梅見
花見　種痘　麻疹　朝寝　春意　〔行事〕絵踏　修二会《しゅにえ》　甘茶　遍路　虚子忌　〔動物〕蛙　雲雀
燕　巣箱　眼張《めばる》　鰊　鰆《さわら》　鱵《さより》　銀宝《ぎんぽ》　黄鯝魚《わたこ》　諸子　鰉《ひがい》　栄螺《さざえ》　浅蜊　貽貝《いがい》　細螺《きさご》　蜆《しじみ》　田螺《たにし》
〔植物〕椿　桜　落花　残花　辛夷《こぶし》　ミモザ　躑躅《つつじ》　木の芽　五加《うこぎ》　令法《りょうぶ》　柳　柳絮《りゅうじょ》　エリカ
春菜　レタス　水菜　壬生菜《みぶな》　分葱《わけぎ》　山葵《わさび》　慈姑《くわい》　双葉　菫　紫雲英《げんげ》　土筆《つくし》　杉菜　蘩蔞《はこべ》　酸葉《すいば》
蕨《わらび》　野蒜　化偸草《えびね》　蓬　嫁菜　茅花《つばな》　甘菜《あまな》　小水葱《こなぎ》　薊《あざみ》　松露《しょうろ》　和布《わかめ》／若布《わかめ》　搗布《かじめ》　荒布《あらめ》
鹿尾菜《ひじき》　海雲《もずく》　石蓴《あおさ》
◆夏　〔時候〕卯月　五月　清和　立夏　薄暑　仲夏　皐月《さつき》／五月《さつき》　芒種《ぼうしゅ》　晩夏　小暑　大暑
冷夏　白夜　土用　盛夏　暑し　極暑　溽暑《じょくしょ》　炎暑　涼し　〔天文〕山瀬　いなさ　西日　旱《ひでり》
〔地理〕氷河　夏野　出水《でみず》　卯波《うなみ》　熱砂　代田《しろた》　植田　青田　噴井《ふきい》　泉　清水　〔生活〕袷《あわせ》　単衣《ひとえ》

晒布《さらし》　生布《きぬの》　縮《ちぢみ》　上布《じょうふ》　浴衣《ゆかた》　レース　水着　粽《ちまき》　煮梅　煮酒　ビール　梅酒　新茶　麦茶
ラムネ　氷菓　ゼリー　飴湯　洗膾《あらい》　夏炉　露台　寝茣蓙《ねござ》　円座　油団《ゆとん》　網戸　日除　簾《すだれ》　葭簀《よしず》
葭戸《よしど》　蚊遣《かやり》　扇　団扇《うちわ》　日傘　氷室　シャワー　田植　藺刈《いかり》　藻刈《もかり》　鵜飼　夜振《よぶり》　涼み　ボート
ヨット　登山　キャンプ　泳ぎ　プール　夜釣　夜店　ながし　花火　蓮見　草矢　裸　跣足／
裸足　端居《はしい》　日焼　昼寝　外寝　寝冷　赤痢　汗疹《あせも》　コレラ　脚気《かっけ》　帰省　〔行事〕端午《たんご》　幟《のぼり》
祭　茅の輪　〔動物〕河鹿《かじか》　蠑螈《いもり》　守宮《やもり》　蜥蜴《とかげ》　蝮《まむし》　夜鷹　水鶏《くいな》　小瑠璃　眼細《めぼそ》　桑鳲《いかる》　蒿雀《あおじ》
目白　日雀《ひがら》　小雀《こがら》　柄長《えなが》　雪加《せっか》　緋鯉　鯰　岩魚《いわな》　山女《やまめ》　金魚　目高　伊佐木《いさき》　たかべ　鰹
虎魚《おこぜ》　津走《つばす》　魬《いなだ》　雌鯒《めごち》　鱰《しいら》　穴子　鰻　鮑《あわび》　蝤蛑《がざみ》　海月《くらげ》／水母《くらげ》　夏蚕《なつご》　蚕蛾《さんが》　毛虫　蛍　田亀
虱《しらみ》　羽蟻　蠍　馬陸《やすで》　百足虫《むかで》　蚯蚓《みみず》　〔植物〕牡丹　杜鵑花《さつき》　小梅　青柚《あおゆ》　早桃《さもも》　李《すもも》　杏《あんず》
バナナ　新樹　若葉　青葉　茂　渓蓀《あやめ》　菖蒲《しょうぶ》　ダリア　葵　海芋《かいう》　苺　胡瓜《きゅうり》　メロン　トマト
キャベツ　夏菜　パセリ　早苗　太藺《ふとい》　葎《むぐら》　紫蘭《しらん》　真菰《まこも》　藜《あかざ》　蔓菜　忍　浅沙《あさざ》　海蘿《ふのり》　昆布
◆秋　〔時候〕初秋　残暑　葉月　九月　白露　秋社　夜長　秋気　寒露　夜寒　〔天文〕秋日《あきひ》
良夜　無月　雨月　野分　〔地理〕花野　刈田　〔生活〕新酒　古米　夜食　柚餅子《ゆべし》　柚味噌
鱁鮧《うるか》　添水《そうず》　案山子《かがし》　鳴子　田守《たもり》　鹿火屋《かびや》　夜なべ　砧《きぬた》　囮《おとり》　根釣　相撲　月見　夜学　秋思
秋意　〔行事〕織女　佞武多《ねぶた》　苧殻《おがら》　門火《かどび》　施餓鬼《せがき》　踊　普羅忌　乃木忌　子規忌　〔動物〕小鷹
小鳥　鶫《つぐみ》　懸巣《かけす》　花鶏《あおり》　交喙鳥《いすか》　鶲《ひたき》　鶉《うずら》　鰍《かじか》　鱸《すずき》　鰯　鯷《ひしこ》　稚鰤《わらさ》　秋刀魚　蜻蛉　竈馬《いとど》　螇蚸《ばった》
蝗《いなご》　浮塵子《うんか》　秋蚕《あきご》　菜虫　〔植物〕木槿《むくげ》　芙蓉　秋果　熟柿《じゅくし》　林檎　葡萄　石榴《ざくろ》　棗《なつめ》　胡桃《くるみ》

酢橘《すだち》　柑子《こうじ》　檸檬《れもん》　紅葉《もみじ》　照葉　楓《かえで》　木の実　通草《あけび》　芭蕉　カンナ　紫苑《しおん》　木賊《とくさ》　西瓜《すいか》　南瓜《かぼちゃ》
糸瓜《へちま》　瓢《ふくべ》　茘枝《れいし》　オクラ　芋茎《ずいき》　牛蒡《ごぼう》　零余子《むかご》　生姜　陸稲《おかぼ》　中稲《なかて》　晩稲《おくて》　落穂《おちぼ》　穭《ひつじ》　豇豆《ささげ》
ホップ　芒／薄　尾花　茅萱《ちがや》　野菊　桔梗《ききょう》　茸／菌　占地《しめじ》

◆冬〔時候〕小春　冬至　師走　節季　大呂《たいろ》　霜夜《しもよ》　寒し　凍る／氷る　寒波　凍れ《しばれ》　〔天文〕
冬日　すばる　乾風《あなじ》　ならひ　時雨　霰《あられ》　霙《みぞれ》　霧氷　樹氷　雨氷　吹雪　しづり　〔地理〕冬野
枯野　冬田　氷　氷柱《つらら》　氷湖　〔生活〕冬着　蒲団／布団　厚着　褞袍《どてら》　紙子《かみこ》　毛皮　毛布　も
んぺ　マント　頭巾　ショール　ブーツ　マスク　毛糸　寝酒　葛湯　蕎麦湯　治部煮《じぶに》　おでん
酸茎《すぐき》　目貼　障子　襖　屏風　暖炉　ペチカ　炭団《たどん》　炬燵《こたつ》　火桶　火鉢　行火《あんか》　懐炉　湯婆《たんぽ》　焚
火　凍死　干菜　捕鯨　避寒　雪見　スキー　湯ざめ　嚔《くさめ》　雪眼《ゆきめ》　柚子湯　〔行事〕神楽《かぐら》　十夜《じゅうや》
追儺《ついな》　〔動物〕狐　狸　鼬《いたち》　兎　鯨　海豚《いるか》　千鳥　田鳧《たげり》　鮪《まぐろ》　旗魚《かじき》　舞鯛《ぶだい》　ひめぢ　眼抜　氷魚《ひうお》
氷下魚《こまい》　柳葉魚《ししゃも》　鮃《ひらめ》　魦《いさざ》　海鼠《なまこ》　〔植物〕蜜柑　朱欒《ざぼん》　木の葉　枯葉　落葉《おちば》　朽葉《くちは》　冬木　枯木
冬芽　冬菜　蓮根《はすね》　セロリ　滑子《なめこ》

◆新年〔時候〕今年　二日　三日　四日　五日　六日　七日　〔天文〕初日　淑気　〔生活〕春
着　年酒《ねんしゅ》　雑煮　草石蚕《ちょろぎ》　年賀　御慶《ぎょけい》　礼者　賀状　初荷　出初　破魔矢　飾《かざり》　初湯　歌留多
手毬／手鞠　〔行事〕朝賀　初卯《はつう》　初亥《はつい》　野坡忌《やばき》　〔植物〕若菜　薺《なずな》　御形《おぎょう》　菘《すずな》

◆春〔時候〕寒明《かんあけ》 立春 早春 春寒 春めく うりずん 仲春 三月 如月 啓蟄《けいちつ》 春分 晩春 清明 春の日／春の陽 春暁 春昼 春の夜 暖か 麗か《うらら》 花冷 花時 行く春 〔天文〕春光 春風 貝寄風《かいよせ》 春北風《はつきた》 春塵《しゅんじん》 霾《つちふる》 春雨《はるさめ》 春霖《しゅんりん》 淡雪《あわゆき》 泡雪《あわゆき》 春雷《しゅんらい》 佐保姫《さほひめ》 陽炎 春陰《しゅんいん》 〔地理〕春の野 春潮 苗代 春泥 逃水 堅雪《かたゆき》 残雪 雪しろ 凍解《いてどけ》 薄氷《うすらい》 流氷 〔生活〕春服 蕗味噌 田楽 独活和《うどあえ》 青饅《あおぬた》 壺焼 草餅 菱餅 白酒《しろざけ》 春窮《しゅんきゅう》 春灯《しゅんとう》 春の炉 炉塞《ろふさぎ》 雪割《ゆきわり》 山焼 畑焼 芝焼 麦踏 耕し 畑打 畦塗《あぜぬり》 種物《たねもの》 種蒔 苗床 苗市 苗売 芋植う 菊植う 藍蒔く 麻蒔く 蓮植う 果樹植う 桑植う 剪定 海苔掻き 桑解く《くわとく》 桑摘《くわつみ》 種紙《たねがみ》 鮎汲《あゆくみ》 魞挿す《えりさす》 鯛網 遠足 観潮 踏青 野遊 摘草 花守《はなもり》 春場所 風船 雉笛 ぶらんこ 春眠 春興《しゅんきょう》 春愁 落第 卒業 進級 入学 春闘 〔行事〕寒食《かんしょく》 雛市 闘牛 闘鶏 義士祭《ぎしさい》 メーデー どんたく えんぶり 湯祈禱《ゆぎとう》 涅槃会《ねはんえ》 彼岸会《ひがんえ》 御影供《みえいく》 開帳 妓王忌 利休忌 其角忌 小町忌 蓮如忌 右近忌 友二忌 節忌《たかしき》 安吾忌 かの子忌 兜太忌 多喜二忌 不器男忌 龍太忌 茂吉忌 立子忌 赤黄男忌《かきおき》 みすゞ忌 真砂女忌《まさじょき》 月斗忌《げっとき》 誓子忌 三鬼忌 達治忌 荷風忌 修司忌 〔動物〕若駒 馬の子 海豹《あざらし》 猫の子 亀鳴く 貌鳥《かおどり》 花鳥 鶯 山鳥 小綬鶏《こじゅけい》 頬白 引鶴 引鴨 囀 鳥の巣 浮鯛 魚島 鮎並《あいなめ》 鮊子《いかなご》 ごんずい 白魚 公魚《わかさぎ》 初鮒 若鮎 花烏賊 飯蛸《いいだこ》 蛤 海松食《みるくい》 赤貝 常節《とこぶし》 馬刀貝《まてがい》 馬珂貝《ばかがい》 潮吹 鳥貝 寄居虫《やどかり》 初蝶 春の蚊 春蟬 〔植物〕紅梅 初花 黄梅 連翹 海棠《かいどう》 霧島《きりしま》躑躅 アザレア 木蓮 山

吹　伊予柑　ネーブル　春林《しゅんりん》　蘖《ひこばえ》　楤《たら》の芽　紫蘇の芽　金縷梅《まんさく》　ロベリア　パンジー　ストック　雛菊　アネモネ　菜の花　春茅《はるがや》　茎立《くくたち》　芥菜《からしな》　春菊《しゅんぎく》　蒜《にんにく》　浅葱《あさつき》　防風　青麦　種芋　下萌《したもえ》　草の芽　ものの芽　若草　古草　若芝　蒲公英《たんぽぽ》　虎杖《いたどり》　羊蹄《ぎしぎし》　羊歯萌《しだも》ゆ／歯朶萌ゆ　薇《ぜんまい》　春蘭　金蘭　銀蘭　明日葉《あしたば》　瑠璃草《るりそう》　ていれぎ　野漆《のうるし》　クレソン　若菰《わかこも》　角叉《つのまた》

◆夏〔時候〕夏めく　若夏　小満　六月　入梅　梅雨寒　水無月　七月　梅雨明　夏の日　夏の夜　短夜　三伏《さんぷく》〔天文〕梅雨空　黒南風《くろはえ》　白南風《しろはえ》　温風《おんぷう》　熱風　涼風　朝凪　夕凪　風死す　空梅雨《からつゆ》　五月雨《さみだれ》　夕立　夏霧　雲海　雷　朝焼　夕焼　日盛《ひざかり》　炎天　片蔭《かたかげ》〔地理〕夏富士　赤富士　雪渓《せっけい》　梅雨穴　濁《にご》り井《い》　赤潮　日焼田《ひやけだ》　滴り〔生活〕夏服　白服　帷子《かたびら》　羅《うすもの》　芭蕉布《ばしょうふ》　甚平　すててこ　汗衫《あせとり》　夏シャツ　夏帯　腹当　夏足袋《なつたび》　白靴　サンダル　ハンカチ　豆飯　麦飯　水飯《すいはん》　乾飯《ほしいい》　飯笊《めしざる》　飯饐《めしす》ゆ　冷汁　冷麦　瓜揉　瓜漬　乾瓜《ほしうり》　茄子漬　鴫焼《しぎやき》　焼茄子　梅干す　伽羅蕗《きゃらぶき》　焼酎　冷酒　甘酒　葛水　サイダー　葛餅　葛切　白玉　蜜豆　麨《はったい》　生節　鱧ちり　干河豚　水貝　夏の灯　滝殿　噴水　花茣蓙　陶枕　籐椅子　水盤　ギヤマン　蠅除　香水　冷房　風鈴　虫干　晒井《さらしい》　芝刈　打水　行水　夜濯《よすすぎ》　水売　麦刈　麦扱《むぎこき》　麦打　新麦　麦藁　代掻《しろかき》　苗取　早乙女　雨乞　草取　豆蒔く　茄子植う　菊挿す　蕗伐《ふききり》　麻刈　藍刈　菅刈　瓜番　竹植う　草刈　干草　冷害　糸取　川狩　鮎釣　川床　飛び込み　水球　サーフィン　滝浴　釣堀　箱釣　夏場所　水芸　夏枯　ダービー　ナイター　箱庭　草笛　麦笛　起し絵　肌脱《はだぬぎ》　夏痩　霍乱《かくらん》　水虫　マラリア〔行事〕母の日　父の日　海の日　菖蒲湯　ペーロン　川止　パリ祭

御田植《おたうえ》　形代《かたしろ》　夏安吾《げあんご》　春夫忌　四迷忌　たかし忌　辰雄忌　晶子忌　多佳子忌　独歩忌　敦忌
茅舎忌　河童忌　不死男忌　左千夫忌　露伴忌　夕爾忌　北枝忌《ほくしき》　士朗忌　〔動物〕鹿の子　蝙《こう》
蝠《もり》　海亀　亀の子　郭公　筒鳥　老鶯《ろうおう》　雷鳥　葭切《よしきり》　翡翠《かわせみ》　山翡翠《やませみ》　鳰《にお》の子　夏鴨　鴨の子
軽鳧《かる》の子　青鷺　白鷺　鯵刺《あじさし》　青鳩　大瑠璃　黄鶲《きびたき》　野鶲《のびたき》　駒鳥　赤腹　眉白《まみじろ》　頬赤　山雀《やまがら》
便追《びんずい》　海猫　追川魚《おいかわ》　だぼ鯊《はぜ》　黒鯛　石鯛　飛魚　皮剝　石投《いしなぎ》　石首魚《いしもち》　鮎並《あいなめ》　間八《かんぱち》　平鰤《ひらまさ》
赤鱏《あかえい》　姫鱒　虹鱒　水鱧《みずはも》　ぐるくん　舟虫　がんがぜ　夏虫　山繭《やままゆ》／天蚕《やままゆ》　樟蚕《くすさん》　尺蠖《しゃくとり》　天牛《かみきり》
玉虫　穀象　瓜蝿　斑猫《はんみょう》　鼓虫《まいまい》　水馬《あめんぼ》　空蟬《うつせみ》　孑孑《ぼうふら》　ががんぼ　蠛蠓《まくなぎ》　ごきぶり　蚜虫《ありまき》　白蟻
蟭螟《しょうめい》　蜘蛛の子　蚰蜒《げじげじ》　蛞蝓《なめくじ》　〔植物〕葉桜　実桜　紫陽花《あじさい》　石楠花《しゃくなげ》　繡線菊《しもつけ》　金雀枝《えにしだ》　マロニ
エ　夏藤　茉莉花《まつりか》　フクシア　青梅　青柿　木苺　楊梅《やまもも》　枇杷の実　パパイヤ　マンゴー　新緑
万緑　緑蔭　結葉《むすびば》　土用芽　病葉《わくらば》　卯の花　玫瑰《はまなす》　葉柳　桑の実　夏桑　梧桐《あおぎり》　若竹　篠《すず》の子《こ》
アイリス　鳶尾草《いちはつ》／一八《いちはつ》　芍薬　サルビア　向日葵《ひまわり》　雛罌粟《ひなげし》　夏菊　蝦夷菊　石竹《せきちく》　ガーベラ
ペチュニア　紅花　夕顔　豌豆《えんどう》　蚕豆《そらまめ》　夏豆　筍《たけのこ》　ピーマン　菊萵苣《きくぢしゃ》　夏蕪　新藷《しんいも》　新馬鈴薯
夏葱　玉葱　辣韮《らっきょう》　蓮の葉　帚木《ははきぎ》　夏草　青芝　青蔦　青歯朶　青蘆　夏萩　石菖《せきしょう》　風蘭　鈴蘭
昼顔　睡蓮　沢瀉《おもだか》　河骨《こうほね》　藺《い》の花　蒲の穂　浜木綿《はまゆう》　酢漿草《かたばみ》　萱草《かんぞう》　十薬《じゅうやく》　檜扇《ひおうぎ》　虎尾草《とらのお》　捩花《ねじばな》
一つ葉　岩檜葉《いわひば》　鴇草《ときそう》　鷺草《さぎそう》　夕菅《ゆうすげ》　蝦夷丹生《えぞにゅう》　駒草　藻の花　萍《うきくさ》　金魚藻　鬼蓮　蓴菜《じゅんさい》　蟬茸
木耳《きくらげ》　梅雨茸　天草《てんぐさ》
◆秋　〔時候〕文月　八月　立秋　秋さる　秋めく　新涼　仲秋　八朔　秋分　晩秋　長月　十

月　秋暁　秋の日　秋の夜　秋澄む　冷やか　爽やか　身《み》に入《し》む　秋寒　やや寒　肌寒　うそ寒
朝寒　霜降《そうこう》　冷《すさ》まじ　秋寂《あきさ》び　行く秋　〔天文〕秋晴　秋色《しゅうしょく》　鯖雲　月代　初月《はつづき》　三日月　待宵《まつよい》
名月　十六夜《いざよい》　宵闇　流星　秋風　台風　盆東風《ぼんごち》　盆北風《ぼんぎた》　高西風《たかにし》　青北風《あおぎた》　稲妻　露寒《つゆさむ》　露霜《つゆじも》
〔地理〕秋の野　秋の田　穭田《ひつじだ》　水澄む　初潮　高潮　盆波　不知火　〔生活〕猿酒　新米　焼米
枝豆　栗飯　とんぶり　橡餅《とちもち》　干柿　鮞《はららご》　鱲子《からすみ》　新蕎麦　秋の灯　火恋し　秋の炉　秋耕　鹿垣《ししがき》
稲刈　稲干す　稲扱《いねこき》　豊年　凶作　新藁　蕎麦刈り　綿取　新綿　新絹　竹伐る　種採　秋蒔
豆引く　豆干す　胡麻刈る　萩刈る　萱刈る　蘆刈る　鳩吹　鮭打　秋場所　虫売　虫籠　茸狩《たけがり》
干茸　秋興《しゅうきょう》　雁瘡《がんかさ》　〔行事〕重陽　菊酒　おくんち　七夕　星合《ほしあい》　牽牛《けんぎゅう》　七姫　迎火　送火　草市　灯籠　盆花《ぼんばな》　中元　地芝居　ハロウィン　国男忌　水巴忌　林火忌　耕衣忌　夜半忌　夢二忌　木歩忌　綾子忌　鏡花忌　鬼城忌　露月忌　汀女忌　賢治忌　かな女忌　秀野忌　蛇笏忌
素十忌　素逝忌　中也忌　年尾忌　応挙忌　宗祇忌　世阿弥忌　太祇忌　素堂忌　定家忌　遊行忌　許六忌　蓼太忌　千代尼忌　去来忌　白雄忌《しらおき》　夢窓忌　〔動物〕猪　馬肥ゆ　荒鷹　坂鳥
色鳥　鵯《ひよどり》　連雀《れんじゃく》　鶺鴒《せきれい》　田雲雀　椋鳥　鵲《かささぎ》　啄木鳥《きつつき》　初鴨　落鮎　落鮒　落鯛　秋鯖　秋鰺　鰶《このしろ》
太刀魚　秋の蚊　蜂の仔　蜩《ひぐらし》　蜉蝣《かげろう》　蟋蟀《こおろぎ》　鈴虫　松虫　邯鄲《かんたん》　馬追　稲虫　横這　蟷螂《かまきり》　螻蛄《けら》鳴《な》く　蓑虫　刺虫《いらむし》　芋虫　七節　栗虫　われから　〔植物〕木犀《もくせい》　無花果《いちじく》　橙《だいだい》　九年母《くねんぼ》　金柑
仏手柑《ぶしゅかん》　オリーブ　榲桲《まるめろ》　苔桃　黄葉《こうよう》　黄落《こうらく》　藤の実　合歓《ねむ》の実　木瓜《ぼけ》の実　朴《ほお》の実　杉の実
橡《とち》の実　団栗　椎の実　銀杏《ぎんなん》　無患子《むくろじ》　枸杞《くこ》の実　瓢《ひょん》の実　桐の実　木天蓼《またたび》　珊瑚樹《さんごじゅ》　錦木《にしきぎ》

皂角子《さいかち》　蝦蔓《えびづる》　野葡萄　サフラン　朝顔　夜顔　野牡丹　鶏頭　コスモス　鬼灯《ほおずき》／酸漿《ほおずき》　残菊　晩菊　敗荷《やれはす》　蓮の実　冬瓜《とうがん》　種茄子　馬鈴薯　自然薯《じねんじょ》　薯蕷《ながいも》　間引菜　独活《うど》の実　紫蘇の実　鳩麦　畦豆《あぜまめ》　刀豆《なたまめ》　麻の実　桃吹く　秋草　草の穂　草の香　草の実　末枯　萩の実　刈萱《かるかや》　数珠《じゅず》玉《だま》　撫子《なでしこ》　磯菊　浜菊　めはじき　千屈菜《みそはぎ》　竜胆《りんどう》　見せばや　露草　菱の実　松茸　栗茸　椎茸　初茸　舞茸　毒茸　紅茸

◆冬〔時候〕初冬　立冬　冬ざれ　小雪　暖冬　冬麗　冬めく　仲冬　霜月　大雪《たいせつ》　晩冬　数へ日　行く年　年越　一月　小寒　大寒　冬の日　短日　冬の夜　冷たし　厳寒　春待つ　節分〔天文〕冬晴　寒晴　寒月　オリオン　天狼　冬凪　寒風　木枯／凩　北風　空風　べつとうたま風　節東風《せちごち》　氷晶《ひょうしょう》　初霜　露凝《しもこ》る　初雪　雪晴　風花　冬霧　スモッグ　冬靄〔地理〕枯山　雪山　雪原　朽野《くだらの》　枯園　水涸《みずか》る　寒潮《かんちょう》　凍土《いてつち》　氷海　狐火〔生活〕綿入《わたいれ》　ねんねこ　着ぶくれ　膝掛　角巻《かくまき》　股引《ももひき》　セーター　外套　ジャンパー　襟巻　手袋　水餅　寒餅　熱燗　鰭酒　生姜湯　蕎麦掻《そばがき》　湯豆腐　焼鳥　雑炊　牡蠣飯　蒸鮓《むしずし》　焼芋　鯛焼　貝焼　鱈鍋　粕汁　闇鍋　鋤焼　鴨鍋　河豚鍋　寄鍋　牡蠣鍋　煮凝《にこごり》　茎漬　納豆　乾鮭《からざけ》　塩鮭　海鼠腸《このわた》　沢庵　風除　雪吊　雪搔　雪踏　除雪車　冬の灯　絨緞　暖房　ストーブ　石炭　練炭　加湿器　火の番　雪《ゆき》沓《ぐつ》　樏《かんじき》　冬耕　寒肥《かんごえ》　温室　鷹狩　炭焼　紙漉　探梅　顔見世　竹馬　縄跳　スケート　ラグビー　水洟　皹《あかぎれ》　霜焼《しもやけ》　凍傷　雪焼　悴《かじか》む　ぼろ市　煤逃《すすにげ》　餅搗　寒紅《かんべに》〔行事〕義士会《ぎしかい》　寒垢離《かんごり》　豆撒　亞浪忌　波郷忌　三島忌　信子忌　青畝忌　乙字忌《おつじき》　久女忌　達磨忌　芭蕉忌　几董忌《きとうき》

空也忌　一茶忌　蕪村忌〔動物〕冬眠　獾《あなぐま》　羚羊《かもしか》　鼯鼠《むささび》　狼　隼　冬鷺　笹鳴　梟《ふくろう》　木菟《みみずく》　水鳥　鴛鴦《おしどり》　凍鶴《いてづる》　白鳥　落鷹　鰰《はたはた》　魴鮄《ほうぼう》　初鱈　初鰤　寒鯛　甘鯛　金糸魚《いとより》　だぼ鱚《ぎす》　鮟鱇　寒鰡《かんぼら》　落鱚《おちぎす》　杜父魚《かくぶつ》　寒鯉　寒鮒　寒鮠《かんばや》　寒烏賊　玉珧《たいらぎ》　凍蝶《いてちょう》　綿虫　ざざ虫　冬の蚊〔植物〕早梅《そうばい》　蠟梅　室咲き　侘助《わびすけ》　山茶花《さざんか》　茶の花　寒木瓜《かんぼけ》　椪柑《ぽんかん》　寒林　枯蔦　枯蔓　宿木　冬枯　霜枯　雪折《ゆきおれ》　寒菊　水仙　葉牡丹　カトレア　千両　万両　枯菊　枯蓮　白菜　芽キャベツ　海老芋　大根　人参　寒独活《かんうど》　寒芹　麦の芽　冬草　枯草　枯蘆《かれあし》　枯萩《かれはぎ》　枯芝　冬萌《ふゆもえ》

◆新年〔時候〕新年　初春　正月　旧年　元日　元旦　人日　松過〔天文〕初空　初晴　初東《はつご》風《ち》　初風　初凪　御降《おさが》り〔地理〕初富士　若菜野〔生活〕大服　喰積　太箸　数の子　田作　年玉　初夢　書初　読初　初市　買初　初旅　七種《ななくさ》　餅花　繭玉　門松　注連縄《しめなわ》　掃初《はきぞめ》　初刷　初泣　初髪　縫初　初釜　乗初　初漁　双六　羽子板　羽子つき　初凧　福引　ぽっぺん　弾初　万歳　獅子舞　初席　初場所　若水〔行事〕ひよんどり　鍵引《かぎひき》　左義長《さぎちょう》　藪入　鶯替《うそかえ》　初辰《はったつ》　初寅《はっとら》　なまはげ　かまくら　土芳忌《とほうき》　明恵忌《みょうえき》　覚如忌《かくにょき》　徂徠忌　羅山忌〔動物〕初鶏　伊勢海老〔植物〕楪《ゆずりは》　蘿蔔《すずしろ》

5音

◆春〔時候〕春浅し　冴返《さえかえ》る　二月尽　春の朝　春の夕　春の暮　春の宵　木の芽時　春深し　春暑し　暮の春　春惜しむ　夏近し　弥生尽　四月尽〔天文〕春日和　春の空　春の雲　春の

月　朧月　春の星　春の闇　涅槃西風《ねはんにし》　風光る　春疾風《はるはやて》　桜まじ　油まじ　春驟雨《はるしゅうう》　春時雨　菜《な》種梅雨《たねづゆ》　花の雨　春の雪　雪の果　春の雹《ひょう》　春の霜　忘れ霜　春の露　春の虹　花曇　鳥曇　蜃気楼　〔地理〕春の山　山笑ふ　春の水　水温《みずぬる》む　春の川　春の海　春の波　彼岸潮　春の園　春の土　春出水《はるでみず》　氷解《こおりと》く　〔生活〕花衣　春袷《はるあわせ》　春ショール　春帽子　春日傘　山葵漬　木の芽漬　花菜漬　桜漬　木の芽味噌　木の芽和　若布和《わかめあえ》　鮒膾《ふなさます》　田螺和《たにしあえ》　蜆汁　蒸鰈《むしがれい》　干鰈《ほしがれい》　白子干《しらすぼし》　蕨餅《わらびもち》　桜餅　雛あられ　春障子　春炬燵　春暖炉　春火鉢　目貼剝《めばりは》ぐ　橇蔵《そりしま》う　農具市　種選《たねえらび》　種浸《たねひた》し　種案山子《たねかがし》　苗木市　植木市　苗木植う　菊根分　牛蒡《ごぼう》植う　糸瓜《へちま》蒔く　南瓜《かぼちゃ》蒔く　木の実植う　野老掘《ところほ》る　慈姑掘《くわいほ》る　牧開《まきびら》き　鳴鳥狩《ないとがり》　上《のぼ》り簗《やな》　磯焚火　磯開《いそびら》き　磯菜摘　磯遊び　汐干狩　蕨狩　桜狩　花筵《はなむしろ》　花篝《はなかがり》　花疲れ　春スキー　風車《かざぐるま》　石鹸玉《しゃぼんだま》　雲雀笛《ひばりぶえ》　春の風邪　花粉症　春の夢　春休　新社員　〔行事〕昭和の日　みどりの日　事始《ことはじめ》　二日灸《ふつかきゅう》　針供養　雛祭　雛納め　雛流し　鶏合《とりあわ》せ　伊勢参　渡《わた》り漁夫《ぎょふ》　河豚供養《ふぐくよう》　四月馬鹿　大試験　春祭　祈年祭　帆手祭《ほてまつり》　桜《おう》花祭《かさい》　榊伐《さかききり》　湯立獅子《ゆだてじし》　仏生会《ぶっしょうえ》　花御堂《はなみどう》　受難節　謝肉祭　良寛忌　義仲忌　実朝忌　光悦忌　西行忌　人麻呂忌　宗因忌　菜の花忌　鳴雪忌　風生忌　逍遥忌　大石忌　井月忌　犀星忌　赤彦忌　放哉忌　啄木忌　康成忌　百閒忌　〔動物〕春の鹿　孕み鹿　落し角　猫の恋　春の鳥　呼子鳥《よぶこどり》　百千鳥《ももちどり》　麦鶉《むぎうずら》　河原鶸《かわらひわ》　雁帰《かりかえ》る　春の雁　残る雁　残る鴨　鳥帰る　鳥交《とりさか》る　雀の子　燕の巣　雀の巣　巣立鳥　桜鯛　春鰯　鯥五郎《むつごろう》　柳鮠《やなぎはえ》　子持鮒　彼岸河豚　菜種河豚　螢烏賊　簾貝　板屋貝　月日貝　子安貝　桜貝　北寄貝《ほっきがい》　烏貝《からすがい》　桜蝦　望潮《しおまねき》　春の蝿　蝿生《はえうま》る　〔植物〕

山桜　八重桜　遅桜　花蘇芳《はなずおう》　花水木　沈丁花　土佐水木　ライラック　諸葛菜《しょかつさい》　長春花《ちょうしゅんか》　雪柳　桃の花　梨の花　若緑　柳の芽　楓の芽　桔梗の芽　蔦若葉　葛若葉　萩若葉　木瓜《ぼけ》の花　松の花　杉の花　榧《かや》の花　榛《はん》の花　樫の花　纈草《かのこそう》　猫柳　黄楊《つげ》の花　郁子《むべ》の花　竹の秋　春落葉　捩《ねじ》菖蒲《あやめ》　黄水仙　華鬘草《けまんそう》　花輪菊《はなわぎく》　金盞花《きんせんか》　シネラリア　フリージア　チューリップ　クロッカス　シクラメン　ヒヤシンス　オキザリス　君子蘭　芝桜　群雀《むれすずめ》　霞草　菊の苗　豆の花　葱坊主　茎立菜《くきたちな》　鶯菜《うぐいすな》　如月菜《きさらぎな》　三月菜　三葉芹　春キャベツ　茗荷竹《みょうがだけ》　烏芋《くろぐわい》　春の草　草青む　畦青む　雪間《ゆきま》草《ぐさ》　草若葉　クローバー　桜草《さくらそう》　州《す》浜草《はまそう》　翁草《おきなぐさ》　二輪草　いぬふぐり　錨草《いかりそう》　垣通《かきどおし》　金鳳花《きんぽうげ》　蛙《ひき》の傘《かさ》　母子草《ははこぐさ》　父子草《ちちこぐさ》　蕗《ふき》の薹《とう》　春の蕗　髢草《かもじぐさ》　富貴草《ふっきそう》　蝮蛇草《まむしぐさ》　雉蓆《きじむしろ》　谷地坊主《やちぼうず》　水草生ふ《みくさお》　蓴生ふ《ぬなわお》　蘆《あし》の角《つの》　蘆若葉　荻《おぎ》の角《つの》　荻若葉　真菰《まこも》の芽　菊苦菜《きくにがな》　座禅草《ざぜんそう》

◆夏〔時候〕聖五月　夏浅し　麦の秋　靡《び》草死《そうか》る　梅雨に入る　半夏生《はんげしょう》　夏の暮　夏の宵　緑の夜　熱帯夜　夏深し　夏の果　秋近し　秋を待つ　夜の秋　〔天文〕夏の空　夏の雲　雲の峰　夏の月　梅雨の月　夏の星　梅雨の星　旱星《ひでりぼし》　夏の風　南風　あいの風　麦嵐　土用あい　土用《どよう》東風《ごち》　青嵐　風薫る　土用凪　夏の雨　走り梅雨　送り梅雨　薬降る　虎が雨　夏の露　夏霞　御来迎《ごらいごう》　梅雨曇　五月闇　朝曇　五月晴　油照　〔地理〕夏の山　皐月山《さつきやま》　梅雨の山　皐月富士　旱畑《ひでりばた》　夏の川　皐月川　夏の海　夏の波　皐月波《さつきなみ》　土用波　夏の潮　青葉潮　田水沸く《たみずわ》　〔生活〕更衣《ころもがえ》　白重《しろがさね》　夏衣《なつごろも》　半ズボン　夏羽織　夏袴《なつばかま》　白絣《しろがすり》　サングラス　夏帽子　衣紋竹《えもんだけ》　柏餅　夏料理　冷奴　胡瓜揉《きゅうりもみ》　冷し瓜　砂糖水　アイスティー　薄荷水《はっかすい》　レモン水　ソーダ水　かき氷　土

用餅　心太《ところてん》　茹小豆《ゆであずき》　泥鰌鍋　穴子鮨　焼穴子　沖膾《おきなます》　夏館　夏座敷　泉殿　夏蒲団　革蒲団
蒲筵《がまむしろ》　籐筵《ふじむしろ》　簟《たかむしろ》　籠枕《かごまくら》　竹婦人《ちくふじん》　夏暖簾　竹床几《たけしょうぎ》　ハンモック　蠅叩　薫衣香《くのえこう》　暑気払　蚤取
粉　天瓜粉《てんかふん》　花氷　冷蔵庫　扇風機　吊忍《つりしのぶ》　走馬灯　日向水《ひなたみず》　撒水車　氷売　牛冷す　馬冷す
溝浚《みぞさら》へ　田《た》水《みず》張《は》る　水盗む　甘藷《かんしょ》植《う》う　椿挿す　菜種刈　薄荷《はっか》刈《がり》　昆布刈　海蘿《ふのり》干《ほし》　漆掻《うるしかき》　袋掛《ふくろかけ》
虫篝《むしかがり》　誘蛾灯　水見舞　夜《よ》焚釣《たきつり》　箱眼鏡《はこめがね》　船遊　船料理　磯料理　海の家　バンガロー　海開き
砂日傘　西瓜割り　金魚売　蛍売　作り滝　夏芝居　野外劇　水遊び　水中花　金魚玉　捕虫網
蛍狩　蛍籠　肝試し　髪洗ふ　夏の風邪　暑気《しょき》中《あた》り　水《みず》中《あた》り　日射病　夏期手当　夏休　夏期講
座〔行事〕こどもの日　電波の日　鯉幟　菖蒲《しょうぶ》引《ひ》く　薬狩《くすりがり》　薪能《たきぎのう》　山開《やまびら》き　川開《かわびら》き　土用灸《どようきゅう》
競馬《くらべうま》　富士詣《ふじもうで》　練供養《ねりくよう》　千団子　健吉忌　登四郎忌　朴花忌　紅緑忌　桜桃忌　楸邨忌　重信忌
鷗外忌　谷崎忌　しづの女忌　草田男忌　隠元忌　肖柏忌　義経忌　鑑真忌　道頓忌　丈山忌
蟬丸忌　業平忌　光琳忌〔動物〕袋角《ふくろづの》　夏蛙　青蛙　雨蛙　牛蛙　蟇《ひきがえる》　羽抜鳥　時鳥《ほととぎす》／不如帰《ほととぎす》
木葉《このは》木菟《ずく》　練雲雀《ねりひばり》　青葉《あおば》木菟《ずく》　燕の子　鴉の子　通し鴨　星鴉　鮫鶲《さめびたき》　瑠璃鶲《るりびたき》　夏燕　雨燕
虎鶫《とらつぐみ》　黒鶫《くろつぐみ》　五十雀《ごじゅうから》　四十雀《しじゅうから》　岩雲雀《いわひばり》　茅潜《かやくぐり》　大地《おおじ》鴫《しぎ》　濁り鮒　熱帯魚　夏魚　初鰹　舌鮃《したびらめ》　帆
立貝　手《て》長蝦《ながえび》　夏の蝶　揚羽蝶　木の葉蝶　火《ひ》取虫《とりむし》　内雀《うちすずめ》　夜《よ》盗虫《とうむし》　葉《は》捲虫《まきむし》　根切虫　兜虫
金亀子《こがねむし》　花潜《はなむぐり》　落し文　源五郎　松藻虫　子《こ》負虫《おいむし》　蟬生る　糸蜻蛉《いととんぼ》　川蜻蛉《かわとんぼ》　夏茜蜻蛉《なつあかね》　蟻地獄
鋏虫《はさみむし》　蝸牛《かたつむり》　糸蚯蚓《いとみみず》　夜光虫〔植物〕桜の実　利休梅《りきゅうばい》　蔓手《つるで》毬《まり》　額《がく》の花　百日紅《さるすべり》　白丁花《はくちょうげ》　繡《て》
毬花《まりばな》　橡《とち》の花　仏桑花《ぶっそうげ》　時《と》計草《けいそう》　金糸梅《きんしばい》　柚子《ゆず》の花　栗の花　柿の花　柿若葉　青胡桃《あおぐるみ》　青葡萄

青林檎　さくらんぼ　山桜桃《ゆすら》の実　巴旦杏《はたんきょう》　須具利《すぐり》の実　夏蜜柑　夏木立　木下闇《こしたやみ》　椎若葉　樫若葉　樟若葉《くすわかば》　若楓《わかかえで》　松落葉　桐の花　朴《ほお》の花　棕櫚《しゅろ》の花　桷《ずみ》の花　黐《もち》の花　椎の花　えごの花　合歓《ねむ》の花　沙羅《しゃら》の花　ちんぐるま　竹落葉　竹の花　ラベンダー　杜若《かきつばた》／燕子花《かきつばた》　花菖蒲《はなしょうぶ》　黄蜀葵《おうしょっき》　紅蜀葵《こうしょっき》　ゼラニューム　罌粟《けし》の花　罌粟坊主　除虫菊　フロックス　ストケシア　含羞《おじぎ》草《そう》　ジギタリス　アマリリス　草苺　蛇苺　瓜の花　茄子の花　胡麻の花　独活《うど》の花　韮《にら》の花　甜瓜《まくわうり》／真桑瓜《まくわうり》　若牛蒡《わかごぼう》　茗荷《みょうが》の子　蓮の花　烏麦《からすむぎ》　棉《わた》の花　桜麻《さくらあさ》　草茂る　草いきれ　青芒／青薄　夏蓬　田植花《たうえばな》　竹煮草《たけにぐさ》　胡蝶蘭　月見草　水芭蕉　著莪《しゃが》の花　水葵　菱の花　滑莧《すべりひゆ》　夏薊《なつあざみ》　灸花《やいとばな》　姫女菀《ひめじょおん》　都草《みやこぐさ》　駒繋《こまつなぎ》　破れ傘　靫草《うつぼぐさ》　麒麟草《きりんそう》　半夏生《はんげしょう》　花茗荷《はなみょうが》　夏蕨　芹の花　虎耳草《ゆきのした》　風知草《ふうちそう》　岩鏡　苔の花　苔茂る　松蘿《さるおがせ》／猿麻桛《さるおがせ》　青味《あおみ》泥《どろ》　蛭蓆《ひるむしろ》　早《さ》松茸《まつたけ》

◆秋〔時候〕玄鳥去《つばめさ》る　秋彼岸　秋の朝　秋の昼　秋の暮　秋の宵　秋麗《あきうらら》　そぞろ寒　秋土用　秋深し　暮の秋　秋惜しむ　冬近し　九月尽　〔天文〕秋日和　菊日和　秋旱《あきひでり》　秋の声　秋の空　天高し　秋の雲　鰯雲　上《のぼ》り月《づき》　降《くだ》り月《づき》　盆の月　二日月　夕月夜《ゆうづくよ》　居待月《いまちづき》　後《のち》の月《つき》　秋の星　星月夜《ほしづくよ》　天の川　碇星《いかりぼし》　二つ星　初嵐　送りまぜ　鮭颪《さけおろし》　雁渡《かりわた》し　芋嵐　黍嵐　秋曇　秋湿　秋の雨　秋時雨　秋の雪　秋の雷　秋の虹　秋霞　露時雨　秋の霜　竜田姫　〔地理〕秋の山　秋の園　花畑　秋の土　秋の水　秋の川　秋出《あきで》水《みず》　秋の池　秋の海　秋の潮　秋の波　秋の浜　〔生活〕秋の服　菊襲《きくがさね》　濁り酒　零余子《むかご》飯《めし》　菊膾《きくなます》　氷《ひ》頭膾《ずなます》　鯷漬《ひしこづけ》　衣被《きぬかつぎ》　薯蕷汁《とろろじる》　新豆腐　秋の宿　秋の蚊帳《かや》　扇置く　秋扇　秋日傘　秋簾　障子貼る　松手《まつて》入《いれ》　冬支度　鳥威《とりおど》し　威《おど》し銃《づつ》　虫

送り　秋収《あきおさめ》　薬掘る　牛蒡引《ごぼうひ》く　木賊刈《とくさか》る　牧閉《まきとざ》す　小鳥狩　下《くだ》り簗《やな》　崩《くず》れ梁《やな》　海贏《ばい》廻《まわ》し　菊花展　茸汁《きのこじる》　紅葉狩　芋煮会　休暇明　〔行事〕菊枕　文化の日　秋祭　赤い羽根　秋遍路　魂祭《たままつり》　生身魂《いきみたま》　茄子の馬　墓参《はかまいり》　送盆　地蔵盆　盆用意　七日盆　盆休　盆帰省　阿波おどり　風の盆　大文字　奉灯会《ほうとうえ》　秋思祭《しゅうしさい》　菊供養　藤村忌　迢空忌　みどり女忌　静塔忌　鳳作忌　牧水忌　南洲忌　源義忌　紅葉忌　白秋忌　桂郎忌　鬼貫忌　守武忌　西鶴忌　太閤忌　道元忌　広重忌　若冲忌　保己一忌　言水忌　宣長忌　〔動物〕鷹渡る　渡り鳥　稲雀《いなすずめ》　鵙《もず》の贄《にえ》　猿子鳥《ましこどり》　鶴来る　紅葉鮒《もみじぶな》　落鰻《おちうなぎ》　江鮭《あめのうお》　秋鰹　尾花蛸《おばなだこ》　秋の蠅　秋の蜂　秋の蝶　蝶渡る　秋の蟬　法師蟬　赤《あか》蜻蛉《とんぼ》　草雲雀《くさひばり》　鉦叩《かねたたき》　螽斯《きりぎりす》　轡虫《くつわむし》　蚯蚓鳴《みみずな》く　地虫鳴く　秋の蜘蛛　茶立虫《ちゃたてむし》　放屁虫《へひりむし》　残る虫　雪迎へ　〔植物〕秋の薔薇　信濃柿　青蜜柑　榠樝《かりん》の実　初紅葉　薄紅葉　新松子《しんちぢり》　桐一葉　柳散る　銀杏散《いちょうち》る　椿の実　芙蓉の実　七竈《ななかまど》　一位《いちい》の実　檀《まゆみ》の実　臭木《くさぎ》の実　梅擬《うめもどき》　ピラカンサ　楤《たら》の花　茨《いばら》の実　山葡萄　竹の春　破芭蕉《やればしょう》　万年青《おもと》の実　葉鶏頭《はげいとう》　仙翁花《せんのうげ》　鳳仙花《ほうせんか》　種瓢《たねふくべ》　秋《あき》茄子《なすび》　仏掌薯《つくねいも》　貝割菜《かいわりな》　火焔菜《かえんさい》　唐辛子　新生姜　稲の花　甘藷／薩摩薯《さつまいも》　砂糖黍　蕎麦の花　新大豆　新小豆　落花生　藍の花　草の花　草紅葉《くさもみじ》　芒散る　蘆《あし》の花　荻《おぎ》の声　葛《くず》の花　藪枯らし　貴船菊《きぶねぎく》　牛膝《いのこずち》　藤袴《ふじばかま》　藪虱《やぶじらみ》　麝香草《じゃこうそう》　山薊《やまあざみ》　富士薊《ふじあざみ》　曼珠沙華　沢桔梗《さわぎきょう》　女郎花《おみなえし》　男郎花《おとこえし》　吾亦紅《われもこう》　相撲草《すもうぐさ》　杜鵑草《ほととぎす》　鳥兜《とりかぶと》　思草《おもいぐさ》　蓼《たで》の花　烏瓜　蒲《がま》の絮《わた》　月夜茸《つきよたけ》

◆冬　〔時候〕神無月　冬浅し　十二月　麋《び》角解《かくげ》す　年の暮　年の内　小晦日《こつごもり》　大晦日《おおみそか》　年惜しむ　寒《かん》の入《いり》　寒土用　冬の朝　冬の暮　鐘氷る　冬深し　日脚伸ぶ　春近し　冬終る　〔天文〕

冬旱《ふゆひでり》　冬の空　冬の雲　冬の月　冬の星　冬銀河　冬北斗　御講凪《おこうなぎ》　北颪《きたおろし》　神渡《かみわたし》　隙間風　虎落《もがり》
笛《ぶえ》　鎌鼬《かまいたち》　初時雨　冬の雨　寒の雨　雪催《ゆきもよい》　雪女　雪しまき　雪時雨　冬の雷　雪起し　鰤起し
冬霞　冬の虹　うつ田姫　〔地理〕冬の山　山眠る　冬景色　冬の水　寒の水　冬の川　冬の海
冬の波　波の花　冬の浜　霜柱　初氷　冬の滝　御神渡《おみわた》り　氷橋《こおりばし》　〔生活〕冬羽織　革羽織　ち
やんちゃんこ　雪合羽　アノラック　綿帽子　冬帽子　雪眼鏡《ゆきめがね》　頬被《ほおかむり》　耳袋　霰餅《あられもち》　氷餅　玉子
酒　寒卵　薬喰《くすりぐい》　蕪鮓《かぶらずし》　夜鷹蕎麦　葱鮪鍋《ねぎまなべ》　鯨鍋　狸汁　根深汁《ねぶかじる》　きりたんぽ　桜鍋　牡丹鍋
蕪蒸　寒造　凍豆腐《しみどうふ》　冬構《ふゆがまえ》　冬籠《ふゆごもり》　冬館　雪囲《ゆきがこい》　雪下ろし　冬座敷　賀状書く　日記買ふ　古日
記　暦売　古暦　消防車　雪上車　蓮根《はすね》掘《ほ》る　狸罠　狐罠　鼬罠　池普請《いけぶしん》　注連作《しめづくり》　青写真　雪
遊　雪達磨　雪兎　息白し　木の葉髪　日向ぼこ　年用意　懐手《ふところで》　歳の市　飾売《かざりうり》　煤払　札納《ふだおさめ》
冬至粥　社会鍋　年木樵《としぎこり》　注連飾《しめかざ》る　年忘　年守る　晦日蕎麦　冬休　寒稽古　寒見舞　〔行事〕
七五三　開戦日　神の旅　神の留守　恵比須講　酉の市　里神楽《さとかぐら》　鉢叩《はちたたき》　蠟八会《ろうはちえ》　冬安居《ふゆあんご》　除夜
の鐘　年籠《としごもり》　寒参《かんまいり》　寒念仏《かんねぶつ》　クリスマス　一葉忌　閒石忌　漱石忌　青邨忌　石鼎忌　熊楠忌
横光忌　寅彦忌　窓秋忌　鬼房忌　草城忌　宗鑑忌　嵐雪忌　近松忌　〔動物〕冬の鹿　竈猫《かまどねこ》
寒苦鳥《かんくちょう》　冬の鳥　冬の雁　冬の鵙《もず》　冬雲雀　寒雀　寒鴉　鷦鷯《みそさざい》　鳰《かいつぶり》　都鳥　冬鷗　海雀
方頭魚《かながしら》　鯧／真名鰹《まながつお》　金目鯛　鍋破《なべこわし》　落鱸《おちすずき》　通し鮎　鱈場蟹　ずわい蟹　寒蜆　冬の蝶　冬の蜂
冬の蠅　冬の虻《あぶ》　冬の虫　冬の蚤　〔植物〕冬の梅　冬至梅　帰り花　寒桜　冬薔薇《ふゆそうび》　寒牡丹
寒椿　青木の実　冬林檎　枇杷《びわ》の花　冬紅葉　紅葉散る　柿落葉　朴落葉《ほおおちば》　冬柏　名《な》の木枯《きか》る

枯柳　冬苺　枯芭蕉　枯芒　枯葎《かれむぐら》　藪柑子《やぶこうじ》　石蕗《つわ》の花　冬菫　竜の玉　榎茸

◆新年〔時候〕去年今年《こぞことし》　初昔　三が日　松の内　小正月　花の内〔天文〕初明り　初茜　初霞〔地理〕初景色　初筑波　初比叡　初浅間〔生活〕着衣始《きそはじめ》　福沸《ふくわかし》　鏡餅　宝船　姫始　初相場　福袋　初句会　薺打《なずなう》つ　薺摘《なすなつ》む　若菜摘む　松納《まつおさめ》　鳥総松《とぶさまつ》　年男　初手水《はつちょうず》　初座敷　初暦　初写真　初便　初電話　初笑　初鏡　初日記　初竈《はつかまど》　鍬始　山始　福笑　猿廻し　傀儡師《かいらいし》　初芝居　寝正月〔行事〕四方拝《しほうはい》　弓始《ゆみはじめ》　初詣　初神楽《はつかぐら》　玉せせり　土竜打《もぐらうち》　初薬師　初閻魔　初大師　初不動　成木責《なるきぜめ》　才麿忌　元三会《がんざんえ》　義朝忌　夕霧忌　義政忌　豊国忌　頼朝忌　一蝶忌　契沖忌〔動物〕嫁が君　初雀　初鴉〔植物〕福寿草　根白草《ねじろぐさ》　仏の座

6音

◆春〔時候〕旧正月　倉庚鳴《そうこうな》く　初朔日《はつついたち》　三月尽〔天文〕朧月夜　比良八荒《ひらはっこう》　春一番　春の霙《はるみぞれ》　鰊曇《にしんぐもり》　春夕焼〔生活〕柳重《やなぎがさね》　桜衣《さくらごろも》　春外套　春セーター　春手袋　鶯餅　味噌豆煮る　炬燵塞ぐ　暖炉納む　霜除《しもよけ》とる　スキーしまふ　物種蒔く　睡蓮植う　蒟蒻植《こんにゃくう》う　馬鈴薯植う　団扇作《うちわつく》る　ボートレース　猟期終る　鶯笛　駒鳥笛　雁瘡癒《がんかさい》ゆ〔行事〕春分の日　二月礼者《にがつれいじゃ》　桃の節句　都踊　御燈祭《おとうまつり》　鳥羽火祭《とばひまつり》　一夜官女《いちやかんじょ》　祭頭祭《さいとうさい》　春日祭《かすがまつり》　どろめ祭　麦穂祭《むぎほまつり》　龍田祭《たつたまつり》　御頭祭《おんとうさい》　稲荷祭《いなりまつり》　先帝祭《せんていさい》　壬生念仏《みぶねんぶつ》　復活祭　光太郎忌〔動物〕獣交《けものさか》る　お玉杓子　菊戴《きくいただき》　山椒喰《さんしょうくい》　鳥の卵　孕み雀　桜鯎《さくらいぐい》　乗込鮒《のっこみぶな》　磯巾着〔植物〕彼岸桜　枝垂桜　山桜桃《ゆすら》の花　青木の花

馬酔木《あしび》の花　李《すもも》の花　杏《あんず》の花　林檎の花　榠樝《かりん》の花　八朔柑《はっさくかん》　三宝柑《さんぽうかん》　山椒《さんしょう》の芽　樝子《しどみ》の花　銀杏《いちょう》の花　楓《かえで》の花　花簪《はなかんざし》　梓《あずさ》の花　木五倍子《きぶし》の花　楮《こうぞ》の花　一位《いちい》の花　樒《しきみ》の花　通草《あけび》の花　柏落葉　浜簪《はまかんざし》　香菫《においすみれ》　節分草《せつぶんそう》　貝母《ばいも》の花　ヘリオトープ　都忘れ　菊の若葉　スイートピー　苺の花　菠薐草《ほうれんそう》　春大根　アスパラガス　雀隠れ　薺《なずな》の花　一輪草　蟒草《うわばみそう》　山吹草《やまぶきそう》　十二単《じゅうにひとえ》　熊谷草《くまがいそう》　一人静　二人静　数の子草　春竜胆《はるりんどう》　猫の眼草　哨吶草《ちゃるめるそう》　種漬花《たねつけばな》　マンゴーの花　灯台草《とうだいぐさ》　春椎茸

◆夏

〔時候〕螻國鳴《ろうこくな》く　蚯蚓出《きゅういんい》づ　王瓜《おうか》生《しょう》ず　苦菜秀《くさいひい》づ　夏暁　水無月尽　〔天文〕茅花流《つばなnone》し　黄《こう》雀風《じゃくふう》　梅雨雷　卯月曇《うづきぐもり》　〔地理〕山滴る　富士の雪解《ゆきげ》　お花畑　〔生活〕夏手袋　筍飯　冷索麺《ひやそうめん》　冷し中華　冷し西瓜　ミルクセーキ　葛饅頭《くずまんじゅう》　金玉糖《きんぎょくとう》　水羊羹　土用鰻　土用蜆《どようしじみ》　身欠鰊《みがきにしん》　晒鯨《さらしくじら》　醬油製す　夏座蒲団　蠅捕紙　匂袋《においぶくろ》　岐阜提灯《ぎふぢょうちん》　毒消売《どくけしうり》　水争《みずあらそい》　天草採《てんぐさとり》　干瓢剝《かんぴょうむ》く　海水浴　野外映画　浮人形　水機関《みずからくり》　樟脳舟《しょうのうぶね》　暑中見舞　〔行事〕原爆の日　武者人形　独立祭　筑摩祭《つくままつり》　神田祭《かんだまつり》　葵祭《あおいまつり》　三社祭《さんじゃまつり》　祇園祭《ぎおんまつり》　朝顔市　鬼灯市／酸漿市《ほおずきいち》　閻魔参《えんままいり》　昇天祭《しょうてんさい》　万太郎忌　朔太郎忌　秋櫻子忌　〔動物〕夏野の鹿　山椒魚　慈悲心鳥《じひしんちょう》　仏法僧《ぶっぽうそう》　赤翡翠《あかしょうびん》　水鳥の巣　鳰《にお》の浮巣《うきす》　水薙鳥《みずなぎどり》　三光鳥《さんこうちょう》　蝦夷虫喰《えぞむしくい》　麦藁鯛《むぎわらだい》　ブラックバス　麦藁蛸《むぎわらだこ》　海酸漿《うみほおずき》　雀《すずめ》の担桶《たご》　常山木虫《くさぎのむし》　鉄砲虫《てっぽうむし》　鍬形虫《くわがたむし》　天道虫《てんとうむし》　米搗虫《こめつきむし》　風船虫　蜻蛉生《とんぼうま》る　猩々蠅《しょうじょうばえ》　草蜉蝣《くさかげろう》　南京虫《なんきんむし》　蠅虎《はえとりぐも》　〔植物〕茨《いばら》の花　未央柳《びようやなぎ》　夾竹桃《きょうちくとう》　猩々草《しょうじょうそう》　柑子《こうじ》の花　蜜柑の花　朱欒《ざぼん》の花　石榴《ざくろ》の花　棗《なつめ》の花　葡萄

の花　パイナップル　柏落葉《かしわおちば》　胡桃《くるみ》の花　槐《えんじゅ》の花　水木の花　楝《おうち》の花　漆《うるし》の花　蘇鉄《そてつ》の花　さびたの花　梯梧《でいご》の花　グラジオラス　ユッカの花　布袋葵《ほていあおい》　矢車草《やぐるまそう》　カーネーション　マーガレット　竜舌蘭《りゅうぜつらん》　月下美人　日日草《にちにちそう》　百日草《ひゃくにちそう》　芭蕉の花　胡瓜《きゅうり》の花　南瓜《かぼちゃ》の花　糸瓜《へちま》の花　瓢《ふくべ》の花　山葵《わさび》の花　夏大根　青山椒　蓮《はす》の浮葉《うきは》　蓮《はす》の若根《わかね》　玉巻《たまま》く葛《くず》　二葉葵《ふたばあおい》　浜昼顔　現《げん》の証拠《しょうこ》　蚊帳《かや》吊草《つりぐさ》　踊子草《おどりこそう》　烏柄杓《からすびしゃく》　蛍袋　浜豌豆　鋸草《のこぎりそう》　泡盛草《あわもりそう》　蠅取草《はえとりぐさ》　銀竜草《ぎんりょうそう》　薄雪草《うすゆきそう》　白根葵《しらねあおい》　得撫草《うるっぷそう》

◆秋　〔時候〕白露《はくろ》降《くだ》る　寒蟬《ひぐらし》鳴《な》く　寒蟬《かんせん》鳴《な》く　二百十日《にひゃくとうか》　鶺鴒《せきれい》鳴《な》く　かりがね寒《さむ》　〔天文〕弓張《ゆみはり》月《づき》　立待月《たちまちづき》　臥待月《ふしまちづき》　更待月《ふけまちづき》　有明月《ありあけづき》　二十三夜《にじゅうさんや》　色なき風　秋の嵐　御山洗《おやまあらい》　釣瓶落《つるべおと》し　〔地理〕山粧《やまよそお》ふ　野山の色　秋の狩場　〔生活〕松茸飯　栗羊羹　障子洗ふ　風炉《ふろ》の名残《なごり》　田水落《たみずおと》す　菊人形　〔行事〕敬老の日　秋分の日　体育の日　硯洗《すずりあらい》　真菰《まこも》の馬《うま》　べったら市　運動会　時代祭《じだいまつり》　山頭火忌　〔動物〕秋の蛙　鷹《たか》の塒出《とやで》　別れ鴉　燕帰る　菊戴《きくいただき》　尾越《おごし》の鴨《かも》　秋の金魚　木葉山女《このはやまめ》　宗太鰹《そうだがつお》　秋の蛍　菊吸虫《きくすいむし》　針金虫《はりがねむし》　〔植物〕八朔梅《はっさくばい》　銀杏黄葉《いちょうもみじ》　南天の実　枸橘《からたち》の実　山茱萸《さんしゅゆ》の実　梔子《くちなし》の実　臭木《くさぎ》の花　山椒《さんしょう》の実　玫瑰《はまなす》の実　朝顔の実　鬱金《うこん》の花　白粉花《おしろいばな》　秋海棠《しゅうかいどう》　蒼朮《おけら》の花　茴香《ういきょう》の実　貝殻草《かいがらそう》　弁慶草《べんけいそう》　夕顔の実　茗荷《みょうが》の花　玉蜀黍《とうもろこし》　隠元豆《いんげんまめ》　煙草《たばこ》の花　薄荷《はっか》の花　蘆《あし》の穂《ほ》絮《わた》　厚岸草《あつけしそう》　泡立草　美男葛《びなんかずら》　荒地野菊《あれちのぎく》　狗尾草《えのころぐさ》　鵯花《ひよどりばな》　釣船草《つりふねそう》　松虫草《まつむしそう》　弟切草《おとぎりそう》　赤のまんま

◆冬　〔時候〕十一月　冬暖か　茘挺出《れいていい》づ　〔天文〕冬三日月　名残の空　〔地理〕冬の泉　〔生

活〕蒸饅頭　今川焼　納豆汁　鮟鱇鍋　石狩鍋　千枚漬　白菜漬　大根引　大根干す　砕氷船　蟹工船　九州場所　羽子板市　冬至《とうじ》南瓜《かぼちゃ》　門松立つ　一夜飾《いちやかざり》　御用納《ごようおさめ》　〔行事〕牡丹《ぼたん》焚火《たきび》　神農祭《しんのうさい》　報恩講《ほうおんこう》　終大師《しまいだいし》　柊挿《ひいらぎさ》す　待降節《たいこうせつ》　聖胎祭　碧梧桐忌　〔動物〕助宗鱈　潤目鰯　八目鰻　枯蟷螂　冬の蝗　〔植物〕八手《やつで》の花　ポインセチア　晩三吉《おくさんきち》　アロエの花　ブロッコリー　カリフラワー　名《な》の草枯《くさか》る　冬蒲公英《ふゆたんぽぽ》

◆新年〔天文〕初東雲《はつしののめ》　〔生活〕花弁餅《はなびらもち》　切山椒《きりざんしょう》　仕事始《しごとはじめ》　初商《はつあきない》　新年会　七種粥《ななくさがゆ》　鏡開《かがみびらき》　投扇《とうせん》興《きょう》　稽古始《けいこはじめ》　〔行事〕成人の日　恵方詣《えほうまいり》　白朮詣《おけらまいり》　十日戎《とおかえびす》　初天神　初弁天　初観音　〔動物〕初鶯

7音

◆春〔時候〕魚氷《うおひ》に上《のぼ》る　鴻雁来《こうがんきた》る　鴻雁北《こうがんかえ》る　牡丹華さく　八十八夜　〔生活〕胡葱膾《あさつきなます》　山椒の皮　数の子作る　北窓開く　雪囲《ゆきがこい》とる　羊の毛刈る　入学試験　〔行事〕鶯合せ　水口祭《みなくちまつり》　鴨川踊　十三詣《じゅうさんまいり》　橿原祭《かしはらまつり》　浅間祭《せんげんまつり》　安良居祭《やすらいまつり》　山王祭《さんのうまつり》　高山祭《たかやままつり》　犬山祭《いぬやままつり》　靖国祭《やすくにまつり》　〔動物〕熊穴を出づ　蟇穴《ひきあな》を出《い》づ　蛇穴を出づ　海猫渡る　鳥雲に入る　白鳥帰る　雪代山女《ゆきしろやまめ》　蟻穴を出づ　〔植物〕桜蘂降《さくらしべふ》る　山茱萸《さんしゅゆ》の花　三椏《みつまた》の花　郁李《にわうめ》の花　桜桃《おうとう》の花　満天星《どうだん》の花　山査子《さんざし》の花　小《こ》手鞠《でまり》の花　榲桲《まるめろ》の花　山梨の花　岩梨の花　鶯神楽《うぐいすかぐら》　白樺の花　黒文字《くろもじ》の花　楊梅《やまもも》の花　木苺《きいちご》の花　枸橘《からたち》の花　接骨木《にわとこ》の花　篠懸《すずかけ》の花　黄心樹《おがたま》の花　姫榊《ひさかき》の花　春の筍《たけのこ》　三色菫　喇叭水仙　ス

ノードロップ　スノーフレーク　袋撫子《ふくろなでしこ》　狐の牡丹　苧環《おだまき》の花　大根の花　豌豆の花　駒返《こまかえ》る草《くさ》
末黒《すぐろ》の薄《すすき》　片栗の花　猩々袴《しょうじょうばかま》　旗竿《はたざお》の花
◆夏〔時候〕竹笋生《たけのこしょう》ず　紅花栄《べにばなさか》ふ　麦秋至《ばくしゅういた》る　蟷螂生《とうろうしょう》ず　梅子黄《うめのみき》ばむ　鹿《しか》の角解《つのお》つ　菖蒲華《あやめはな》さく　温風至《あつかぜいた》る　〔天文〕筍流《たけのこなが》し　卯《う》の花腐《はなくた》し　〔地理〕夏の湖　〔生活〕アイスコーヒー　アイスクリーム　納豆製す　奈良漬製す　蒼朮《そうじゅつ》を焚《た》く　木の枝払ふ　水中眼鏡　水上スキー　線香花火　野外演奏　百物語　〔行事〕時の記念日　黒船祭《くろふねまつり》　くらやみ祭　名越《なごし》の祓《はらえ》　天神祭《てんじんまつり》　〔動物〕蛇衣《へびきぬ》を脱《ぬ》ぐ　鷹《たか》の塒入《とやいり》　源五郎鮒　城下鰈《しろしたがれい》　蟷螂生《とうろううま》る　薄翅蜉蝣《うすばかげろう》　水蠟蠟虫《いぼたろうむし》　孫太郎虫　〔植物〕橘の花　梔子《くちなし》の花　南天の花　凌霄花《のうぜんかずら》　橙《だいだい》の花　九年母《くねんぼ》の花　金柑の花　仏手柑《ぶしゅかん》の花　オリーブの花　氷室《ひむろ》の桜《さくら》　常盤木若葉《ときわぎわかば》　常盤木落葉《ときわぎおちば》　百合の木の花　アカシアの花　大山蓮華《おおやまれんげ》　木斛《もっこく》の花　木天蓼《またたび》の花　菩提樹の花　ブーゲンビリア　竹の皮脱ぐ　マリーゴールド　仙人掌《しゃぼてん》の花　鉄線の花　茴香《ういきょう》の花　玉巻《たまま》く芭蕉《ばしょう》　馬鈴薯の花　蒟蒻《こんにゃく》の花　青唐辛子　擬宝珠《ぎぼうし》の花　虎杖《いたどり》の花　羊蹄《ぎしぎし》の花　車前車《おおばこ》の花　白山一花《はくさんいちげ》　水草の花
◆秋〔時候〕涼風至《りょうふういた》る　鴻雁来《こうがんきた》る　玄鳥帰《げんちょうかえ》る　菊黄花有《きくこうかあ》り　〔天文〕秋の初風　富士の初雪　秋の夕焼　〔地理〕野山の錦　秋の湖　〔生活〕灯火親しむ　〔行事〕高きに登る　灯籠流　鹿《しか》の角伐《つのきり》　六道参《ろくどうまいり》　深川祭　吉田火祭《よしだひまつり》　御射山祭《みさやままつり》　花笠踊　金刀比羅祭《ことひらまつり》　被昇天祭《ひしょうてんさい》　東洋城忌　鳥羽僧正忌　〔動物〕蛇穴に入る　蟻穴に入る　海猫帰る　〔植物〕紅葉且つ散る　色変へぬ松　紫式部　蔓梅擬《つるうめもどき》　ジンジャーの花　皇帝ダリア　風船葛《ふうせんかずら》　辣韭《らっきょう》の花　秋の七草　水引の花　大文字草《だいもんじそう》

水草紅葉《みずくさもみじ》　猿の腰掛

◆冬〔時候〕金盞香《きんせんか》さく　鶡鴠《かつたん》鳴《な》かず　蚯蚓結《きゅういんむす》ぶ　水泉動《すいせんうご》く　朔旦冬至《さくたんとうじ》　宮線《きゅうせん》を添《そ》ふ　款冬《ふき》の華《はな》さく〔天文〕三寒四温　星《ほし》の入東風《いりごち》　冬の夕焼〔生活〕釜揚饂飩　鍋焼饂飩　北窓塞ぐ　アイスホッケー　年末賞与〔行事〕秩父夜祭《ちちぶよまつり》　年越詣《としこしもうで》　一碧楼忌《いっぺきろうき》〔動物〕熊穴に入る　冬の鶯　霜月鰈《しもつきがれい》〔植物〕冬木の桜　柊《ひいらぎ》の花　蝦蛄葉仙人掌《しゃこばさぼてん》

◆新年〔時候〕女正月《おんなしょうがつ》　二十日正月《はつかしょうがつ》〔生活〕俎始《まないたはじめ》　歳旦開《さいたんびらき》　十五日粥《じゅうごにちがゆ》　蓬莱飾《ほうらいかざり》　箱根駅伝

〔行事〕歌会始　奈良の山焼〔植物〕春の七草

8音

◆春〔時候〕桃始《ももはじ》めて笑《さ》く　菜虫蝶《なむしちょう》と化《な》る　竜天に登る〔行事〕建国記念日　憲法記念日　みどりの月間　黄金週間　バレンタインデー　北野菜種御供《きたのなたねごく》　阿蘇《あそ》火振《ひぶ》り神事《しんじ》　気多平国祭《けたへいこくさい》　大原野祭《おおはらのまつり》　年祈《としご》ひの祭《まつり》〔動物〕蜥蜴穴を出づ　地虫穴を出づ〔植物〕山帰来《さんきらい》の花　房咲水仙《ふさざきすいせん》　口紅水仙　雀の鉄砲　雀《すずめ》の帷子《かたびら》　萍《うきくさ》生《お》ひ初《そ》む

◆夏〔時候〕鵙始《もずはじ》めて鳴《な》く　反舌声無《はんぜつこえな》し　蟬始めて鳴く〔天文〕南十字星〔生活〕林間学校　臨海学校〔行事〕愛鳥週間　御柱祭《おんばしらまつり》〔植物〕夏蜜柑の花　山法師の花　忍冬《すいかずら》の花　虫取撫子《むしとりなでしこ》　朝鮮朝顔　烏瓜の花

◆秋〔時候〕蒙霧升降《ふかききりまと》ふ　禾《か》乃《すなわ》ち登《みの》る　草露白《くさのつゆしろ》し　水始《みずはじ》めて涸《か》る　竜淵に潜む　菊花開《きくのはなひら》く

霜始《しもはじ》めて降《ふ》る　蟄虫咸俯《ちつちゆうみなふ》す　楓蔦黄《もみじつたき》ばむ　〔生活〕後《のち》の更衣《ころもがえ》　浅漬大根　八月大名　〔行事〕終戦記念日　六斎念仏　八幡放生会《やわたほうじようえ》　鞍馬《くらま》の火祭《ひまつり》　〔動物〕蜥蜴穴に入る　鷹の山別れ　〔植物〕姫《ひめ》昔蓬《むかしよもぎ》　狐《きつね》の剃刀《かみそり》

◆冬　〔時候〕地《ち》始《はじ》めて凍《こお》る　熊穴《くまあな》に蟄《こも》る　一陽来復《いちようらいふく》　雁北《かりきた》に郷《むか》ふ　鷙鳥厲疾《しちようれいしつ》す　〔生活〕風呂吹大根　切干大根　押しくら饅頭　寒中水泳　〔行事〕聖ザビエル祭　〔植物〕クリスマスローズ

9音

◆春　〔時候〕蛙《かわず》の目借《めか》り時《どき》　葭始《あしはじ》めて生《しよう》ず　〔行事〕豊橋鬼祭《とよはしおにまつり》　大和神幸祭《やまとしんこうさい》　鎮花祭《はなしずめのまつり》　〔植物〕浜大根の花

◆夏　〔時候〕腐草蛍《ふそうほたる》と為《な》る　乃東枯《なつかれくさか》るる　蟋蟀《しつしゆつ》壁《かべ》に居《お》る　蓮始《はすはじ》めて開《ひら》く　〔行事〕沖縄慰霊の日　四万六千日《しまんろくせんにち》　〔植物〕箱根空木《はこねうつぎ》の花　泰山木《たいざんぼく》の花　ハンカチノキの花　一《ひと》つ葉田子《ばたご》の花　定家葛《ていかかずら》の花　アスパラガスの花　玉蜀黍《とうもろこし》の花

◆秋　〔時候〕蟄虫《ちつちゆう》戸《と》を坏《とざ》す　鴻鴈来賓《こうがんらいひん》す　蟋蟀《きりぎりす》戸《と》に在《あ》り　草木黄落《そうもくこうらく》す　霎時施《こさめときどきふ》る　〔行事〕美術展覧会　芝神明祭《しばしんめいまつり》　〔動物〕熊栗架《くまくりだな》を掻《か》く　〔植物〕白花曼珠沙華

◆冬　〔時候〕水始《みずはじ》めて氷《こお》る　虹蔵《にじかく》れて見《み》えず　虎始《とらはじ》めて交《つる》む　鱖《さけ》の魚群《うおむら》がる　乃東生《なつかれくさしよう》ず　芹《せり》乃《すなわ》ち栄《さか》ふ　野鶏始《やけいはじ》めて雊《な》く　〔行事〕勤労感謝の日

10音

◆春〔時候〕東風氷《とうふうこおり》を解《と》く　獺《かわうそ》 魚《うお》を祭《まつ》る　草木萌《そうもくきざし》 動《うご》く　桃始《ももはじ》めて華《はな》さく　鷹《たか》化《か》して鳩《はと》と為《な》る
雀《すずめ》 始《はじ》めて巣《す》くふ　始《はじ》めて雷《いなびかり》す　桐始《きりはじ》めて華《はな》さく　虹始《にじはじ》めて見《あらわ》る　霜止んで苗出づる　戴勝《たいしょう》 桑《くわ》に
降《くだ》る〔行事〕八幡初卯神楽《やわたはつうのかぐら》　雄勝法印神楽《おがつほういんかぐら》　春日御田植祭《かすがおたうえまつり》　松尾祭御出《まつおのまつりおいで》
◆夏〔行事〕洗者聖ヨハネ祭　聖霊降臨祭
◆秋〔時候〕綿《わたのはなしべ》 柎《》開《ひら》く　天地始めて粛む〔行事〕正倉院曝涼《ばくりょう》　太秦《うずまさ》の牛祭
◆冬〔時候〕山茶始《つばきはじ》めて開《ひら》く　閉塞く冬と成る　水沢腹堅《さわみずこおりつめ》る　水沢腹《すいたくあつ》く堅《かた》し

11音

◆春〔時候〕蟄虫《ちっちゅうはじ》 始めて振《ふる》ふ　霞《かすみはじ》 始めて靆《たなび》く　蟄虫戸《すごもりむしと》を啓《ひら》く　萍《うきくさはじ》 始めて生《しょう》ず　雪中《せっちゅう》 花水祝《はなみずいわい》
◆夏〔時候〕鷹乃《たかすなわ》ち学習《がくしゅう》す　土潤《つちうるお》ひて溽暑《じょくしょ》す　大雨時《たいうときどき》 行《おこな》ふ　鷹羽遣《たかはねづか》ひを習《なら》ふ
◆秋〔時候〕群鳥《ぐんちょうしゅう》 羞を養《やしな》ふ
◆冬〔時候〕朔風葉《きたかぜこのは》を払《はら》ふ　閉塞して冬を成す　橘《たちばなはじ》 始めて黄《き》ばむ　雪下《ゆきくだ》りて麦出《むぎの》びる　鵲《かささぎはじ》 始
めて巣《す》くふ　水泉動《しみずあたたかをふく》む　鶏《にわとりはじ》 始めて乳《にゅう》す

12音

◆春〔時候〕土脉《つちのしょう》 潤《うるお》ひ起《お》こる　田鼠化《でんそか》して鴽《うずら》と為《な》る　鳴鳩其羽《めいきゅうそのはね》を払ふ〔行事〕淡嶋神社雛祭

◆夏〔時候〕蚕《かいこ》起《おき》て桑《くわ》を食《く》らふ　桐始めて花を結ぶ　◆秋〔時候〕鷹《たか》乃《すなわ》ち鳥《とり》を祭《まつ》る　雷《らい》乃《すなわ》ち声《こえ》を収《おさ》む　〔行事〕関東大震災の日　国民体育大会

13音

◆春〔時候〕鞆八幡《ともはちまん》の御弓神事《おゆみしんじ》　◆夏〔植物〕黒実《くろみ》の鶯神楽《うぐいすかぐら》の実　◆秋〔時候〕豺《さい》乃《すなわ》ち獣《けもの》を祭《まつ》る　◆冬〔時候〕鶏《にわとり》始《はじ》めて乳《とやにつ》く

14音

◆春〔時候〕雷《かみなり》乃《すなわ》ち声《こえ》を発《はっ》す　◆冬〔時候〕天気《てんき》上騰《じょうとう》し地気《ちき》下降《げこう》す

15音

◆秋〔時候〕雀《すずめ》大水《うみ》に入《い》り蛤《はまぐり》と為《な》る　◆冬〔行事〕阪神淡路大震災の日

19音

◆冬〔時候〕野鶏《やけい》大水《たいすい》に入《い》り蜃《おおはまぐり》と為《な》る

著者略歴————
岸本尚毅（きしもと・なおき）
俳人。1961年岡山県生まれ。『「型」で学ぶはじめての俳句ドリル』『ひらめく！作れる！俳句ドリル』『十七音の可能性』『文豪と俳句』『室生犀星俳句集』など編著書多数。監修に『音数で引く俳句歳時記・全4巻』（小社刊）がある。岩手日報・山陽新聞選者。俳人協会新人賞、俳人協会評論賞など受賞。2018・2021年度のEテレ「NHK俳句」選者。角川俳句賞等の選考委員をつとめる。公益社団法人俳人協会評議員。

編集協力　西原天気

俳句講座　季語と定型を極める

2024年2月29日　第1刷発行

著　者　岸本尚毅
装幀者　間村俊一
発行者　碇　高明
発行所　株式会社 草思社
〒160-0022　東京都新宿区新宿1-10-1
電話　営業 03(4580)7676　編集 03(4580)7680

本文組版　株式会社 キャップス
印刷所　中央精版印刷 株式会社
製本所　大口製本印刷 株式会社

ISBN978-4-7942-2710-2　Printed in Japan　検印省略